姉ぶる初恋相手（カノジョ）に絶対敗けない！

佐倉 唄

ファンタジア文庫

3009

口絵・本文イラスト　なたーしゃ

カノジョ
姉ぶる初恋相手に
絶対負けない！
佐倉唄
イラスト
なたーしゃ
ANEBURU KANOJO NI ZETTAI MAKENAI / Presented by Uta Sakura / Illustration by Natasha

プロローグ

「チッ、この地獄のような日に、生後間もない命を捨てるクズがいるのか……」

気温は東北でも三〇度を超え、肌が痛く思えるほど直射日光が激しい高一の夏の日。

明日からの夏休みのことを考えていた俺は下校中、公園で一匹の捨て猫を発見した。

「にゃー、にゃー」

「そんな穢れなき瞳で俺を見るな。自らを捨てた人間に対する怒りが足りていない」

「………にゃ？　ふっ」

こいつ……ッッ、鼻で笑ったのか⁉　鼻呼吸の要領で！

「フン、まぁ、いい。少々お前の瞳に戸惑ったが、もとより拾おうとして近付いたんだ」

「にゃ⁉　にゃー、にゃーっ！」

「静かにしていろ。死にたくなければ、大人しく俺の言うことに従え」

段ボールごと持ち上げて、そして公園の木陰から、学校の最寄り駅へ歩き始める。

だが駅に到着した瞬間、俺はあまりにも致命的な問題に直面してしまった。

「クソ……ッッ、こいつと一緒だと電車に乗れない！」

バカか俺は……ッッ！　こんな初歩的なミスで、里親探しが早々につまずくなんて‼

「にゃあ……」

「あれ？　柘原くん……だよね？」

「……佐藤？」

振り向くと、一人のクラスメイトがこちらを見ていた。

いわゆるベビーフェイスと呼ばれるような、少し幼げで、あどけない顔に、黒目がちで、くりっとした大きな瞳。

奇跡的に吹いた涼しい風になびく、流水のようにサラサラのロングヘア。

透明感のある肌は夏なのに雪化粧を施したようにとても白い。薄っすら汗ばんでいても、いい意味で夏らしく、爽やかで清らかな感じを覚え、イヤな印象は全くなかった。

かくも俺に声をかけてきたクラスメイト——佐藤真綾は小走りでこちらに寄ってくる。

「わっ、なんか学校の外で会うの、初めてじゃない？」

「そ、っ、そうだな」

なぜだ、今日は夏休み前日だぞ⁉　この類の女子は真っ先に下校して、駅前で友達と遊ぶはずではないのか？　挙句、よりによって目撃されたのがこんな滑稽なシーンとは！

「それで、その子は？」

「ん？　あぁ、猫だ、名前はまだない」

「柘原くん、この子、飼うの？」

「いや、残念ながら、俺が飼うのは現実的ではないだろう」

「にゃっ⁉」

その時だった、猫が俺のワイシャツを爪でカリカリし始めたのは。

「おい！　やめろ！　怒りではなにも解決しないぞ⁉」

「う～ん……、なんか、お前が言うな、って顔してるけど……」

カリカリカリカリっ
「えっと、ね、柘原くん？　育てられないなら、連れて帰るのは、ちょっと……」

「フッ、それは違うぞ。憶測を真実として語るのは賢明ではない」

カリカリカリカリっ
「俺にこいつを見捨てる気はない。育てられないだけだ。この違いがわかるか？」

「ゴメン、全然わからないかも……」

カリカリカリカリっ
「にゃあ！　ふしゃ！」

「なっ！　バカ！　跳ねるな、やめ…………っ、んくっ、くち！　へくち！」

「……ふふっ」

醜態にも限度がある。クラスメイトに、こんなピエロのようなザマを晒すなど。

「ずび、スン——クッ、殺せ」

「いや、その、あれだね。柘原くん、猫アレルギーだったんだ」

「勘違いするな、目にゴミが入っただけだ」

「それって涙を誤魔化す言葉であって、クシャミを誤魔化す言葉じゃないと思う」

「クッ、いや、待て、佐藤。俺が猫アレルギーか否かより、話すべきことは他にある」

「でも、どうするの？　その調子じゃ、飼うのは確かに無理そうだし……」

「里親を探す」

「猫アレルギーなのに？」

「勘違いするなと言っただろう。目にゴミが入り続けているだけだ。ゆえに問題はない」

「あぁ、うん、じゃあ、それでいいけど、どっちにしたってつらくない？」

「確かに絶望的な状況だ」

「ならさ——」

「だが、炎天下に捨てられたこいつの方がよほど絶望しているし、救いを求めている」

さて、電車に乗ることが不可能な以上、別のプランに移る必要がある。

長居は無用か。俺は佐藤に背を向けると、そのまま日陰を求めて歩き始めた。

「どこ行くの？」

「日陰で夕暮れ時まで待機して、あとは帰るためにひたすら歩く」

「目にゴミが入り続けるのに？」

「ぐっ、あぁ、そうだ」

「そこまで譲れないなら、親に車、出してもらったら……」

「母さんは今、普通に仕事中だ」

「お父さんは？」

「いない」

マズいな。また無様な姿を晒す前に理解を得て離脱しなければ。

「これは俺のプライドに誓って真実だが——確かに俺は、こいつと一緒に暮らせない」

「えっ？　う、うん……」

「しかしだからといって、生後間もない命を見捨てる選択だけはもっとありえない」

伝えるべきことは伝え終えた。

あとはこのまま、互いに顔を見合わせる前に——、

「〜〜〜っっ、ちょ、ちょっと待って！」

「なっ⁉」

佐藤に後ろからワイシャツの裾を摑まれる。

振り向くと、裾を摑んだまま、佐藤が上目遣いで俺のことを見上げてきていた。

「どうした？」

「もうっ、さっき、わたしも手伝うよ、って言おうとしたのに。その子の里親探し」

「なん……だと……？」

「栢原くん、他人の話、聞かなすぎ」

「……明日から夏休みだぞ？　協力してくれるのはありがたいが、正直、メリットはなにもない。猛暑だってかなり続くらしい。友達と遊ぶ予定も、佐藤ならあるだろう」

「それは栢原くんもじゃないの？」

「俺の方はシンプルにプライドの問題だ！　損得の問題ではない！　それに、友人に関して言えば心配も無用だ」

「えっ、なんで？」

「休暇中に遊ぶような友人なんていない。ゆえに問題はなにもない」

「気のせいかな？　問題しかなくない？」

「逆に、佐藤の方は？」

「まぁ、実はわたしも似たような感じ、かな？　確かにわたし、友達みんなでプールとか夏祭りとかにも行くし、毎日は協力できないと思う」

「なら、別に無理をする必要は――」

「けどね？　少しぐらい個性的でも、結局さ、男の子は優しいのが一番だと思う！　だからわたしはキミに協力したいと思った」

なっ⁉　くっ、佐藤の方こそ、かなりいい子すぎないか？

だが、勘違いしてはいけない……ッッ！

一瞬、恋愛的に意識してしまった……。

だが、まだ出会って五分も経っていないのだから！

「いや、猫を保護しようとしたのは事実だが、俺は少し個性的というレベルではない」

流石にそれぐらいの自覚はある。

というより、自覚的にそう振る舞っている。

「一人でいることを望み、心の障壁を展開し、自らの領域に他者を寄せ付けない」

別に、本当の自分とやらを理解してほしいから、目立とうとしているわけではない。

小学生の頃にイジメられた。

その結果、誰に対しても絶対に臆さないと決めただけだ。

その代償として、校内で変人と言われていることは理解しているが……。

「そんな自意識過剰で痛々しいヤツが俺だ。見てわからないのか？」

「見ればわかるよ、なんとなく、根は純粋なんだろうなぁ、ってことも」

勘違いしてはならない。

なのに、そう言われて嬉しがっている自分も、否定できなくなってきた……ッッ！

「頼むから、そんな可愛い顔で優しいことを言わないでくれ」

「ふぇ⁉」

本当に優しい人は誰にでも分け隔てない。

なにも裏がないと理解できるからこそ、恋愛感情を抱くべきではないだろう！

「お――」

「お？」

「お願いだから、そんな顔で、可愛いなんて言わないでよぉ……」

言うと、佐藤は頬を赤らめて、純情可憐に恥じらった。

が、意味がわからない。

「そのルックスなら、男女を問わず、容姿を褒められることも多いのではないか？」

「流石にそんな思い詰めた顔でストレートに言われたのは、生まれて初めてですぅ！」

「だが事実だ。というより、論点がズレている。こんな振る舞いの俺に、本当に協力する気なのか？」

「うぅ、事実って……もぉ！　柘原くんの方こそ、ツッコミどころが違くない⁉　まず、茶化さないで可愛いって言われたらすごく嬉しい！　それで話を戻すけど、わたしは柘原くんの印象じゃなくて、やろうとしていることで、協力したいって思ったの！」

〜〜〜ッッ、認めざるを得ない。

目を見て、真っ直ぐ、力強くそう言われて——、

——正直、女の子として完璧に意識し始めてしまった。

「もちろん、できる限り両立はするよ？　でも、同じ友達同士でも、夏休みの間は柘……修一郎くんの方を優先しようと思いました！」

「な、名前呼び、だと……？　いや、冷静になれ！　俺なんかと友達やっても、佐藤の評判を落とすだけだ！」

「これはシンプルにプライドの問題です！　損得の問題ではありません！　キリッ！」

「なんて強情なヤツだ……ッッ！」

「修一郎くんだけには言われたくないけど⁉　それに、そっちがそこまで気にするなら、友達であることを隠せば、問題はなにもない！　キリッ！」

なんだこいつ……、コミュニケーション能力の化物か？

「……佐藤、確かに協力してもらえば、俺もありがたいし、こいつのためにもなる」

「うんうん！」

「だから俺が訊きたかったのは、メリットは皆無だが、それでも、協力したいから協力してくれるのか？　ということだったのだが、改めて、まぁ、あれだ……、その……」

「ん？　なになに？」

「——ま、真綾に、それを訊く必要はなさそうだな」

「うん、当然っ！　それで修一郎くん、早速だけど——」

「今度はなんだ？」

「その、ちょっぴり鼻水が垂れ始めて……」

「カッコ悪いところを見せたくなかったから、さっきは背を向けて去ろうとしたんだ！」

「あはは、そうだよね！　さっき、お互いに見せ合えるような顔、してなかったと思うし」

こうして、俺と佐藤真綾の関係は唐突に始まった。

時間にしても、恐らく五分程度のやり取りだったはずだろう。

だが、この瞬間、この場所で——

第一話　問題はなにもない。作戦開始（オペレーションスタート）だ。

自室のデスクにて、パソコンのディスプレイにカレンダーを表示させる。

何度見ても時が巻き戻ることはなく、今日は五月一〇日、火曜日だった。

「……ッッ、どうする⁉　母さんが再婚して義理の姉ができるのは確定事項だ！　家族になる相手とはいえ、同年代の女子と同居したら確実にモヤモヤされるだろう！」

夏が暮れて秋は枯れ落ち、冬が溶けて春も舞い散る。

季節はもう、桜が散ってラベンダーが咲き始める頃合いだった。

「しかし……俺が突発的に、あの佐藤真綾（まあや）に告白しても、勝算は限りなく低いが……」

あと二週間で、あの七月二四日から一〇ヶ月が経つ。

結論から言えば、俺は真綾に初恋を捧（ささ）げることになった。

「是非もない！　これ以上状況が不利になる前に、計画を前倒ししなければ……ッッ！」

無謀ということは重々承知している……っ！

優しくて、明るくて、誰に対しても丁寧に接して仲良くできる。

察してあまりあるが、真綾はクラスの中心人物で人気者だ。

容姿端麗で、笑えば可愛く澄ませば美しく、まさに女優レベルの美少女だろう。

実際、一番異性からモテる女子というのは、優しくて笑った顔が可愛い子だ。

となれば必然、真綾がモテないわけがない。

そして、つまりそれは越えなければならないライバルが数多くいることを意味する。

だがしかし——ッッ、

「……それでも好きな女の子を奪われたくはない！」

俺はいわゆる、劇場型の性格なのだろう。

小学生の頃に片親を理由にイジメられて、親にも相談せず、いつの間にか今に至る。

優しさとは他人に自分の都合を強制するモノではなく、自分が他人に施すモノだ。

だから別に、本当の自分を理解してくれる優しさを、他人に願ったわけではない。

だがそれでも、だ。

真綾は上辺だけではなく、内面も見てくれた！

出会った時も、それ以降も。

天秤（てんびん）が釣り合っていないのは理解している。

しかしその上で、好きになったからには付き合いたいのだ！

「ふぅ、さて——戸籍上は姉弟といえども、同年代の女子と同居というのは、やはり印象がよろしくない。そして肝心な母さんの結婚予定日が六月一七日の金曜日で、翌日に引っ越し……か」

姉ができるのには少々驚いた。

しかしだからこそ、焦らずに状況を分析するべきだろう。

現在、真綾の恋人の座争奪戦では戦況に変化が全くない。

恋愛に興味がないのかどうか、真綾が告白してきた相手を全員振っているからだ。

「他の男子の告白に対する真綾の反応は、告白できていない俺からすれば理想に近い」

となると、優先的に考える必要があるのはライバルの方だ。

ステレオタイプだが、メジャーな運動部に所属している男子は受けがいい。

だが彼らの中でも、特にトークスキルとルックスに優れていなければ、周囲に恋敵、障害とさえ認識されづらいだろう。

要するに、俗に言う陰キャ、あるいは変人には未来永劫、佐藤真綾との青春は訪れない。

そのように思われているわけだ。

対してこちらはその変人に該当するだろう。

不幸中の幸い、俺の学年末テストの順位は上から数えた方が早い。

だが結局、頭の良さというのは人付き合いの上手さがないと、評価されても好印象にはならないモノだ。

人付き合いの上手いガリ勉のことを秀才と呼ぶし、逆もまた然(しか)り。

顔も普通で、髪も服装も清潔にしている。

ただ空気を読む能力がないと、それだけで同一の事実でも悪い印象で結論付けられるのがコミュニティというモノだ。

「ハァ……」

イジメられてこの性格になり、今は一応、面と向かってなにかをされることはない。

もちろん、それは俺の望んだ結果だ。とはいえ、スクールカーストの下位にいるというのは、恋愛面では明らかにマイナス要素だろう。

クラスメイトとでも明確な用件がないと話さないぐらいで、彼我の戦力差は歴然だ。

「一般的に同じ家に住み始めたその瞬間、義理の姉を恋愛の対象外として認識できるわけではない。俺が否定しても、真綾は確実に拗(す)ねるだろう。となれば、余裕を持って一七日の三日前、一四日に告白計画を実行する」

と、その時、スマホと同期させてあるパソコンに、真綾からのメッセージが届いた。

そして彼女によってニャン次郎(じろう)と命名された子猫の写真も。

まあや：みーちゃんの家でたわむれてきた！
修一郎：ニャン次郎は元気にしていたか？
まあや：問題はない（キリッ
修一郎：修一郎くんも、もっと会ってあげたらいいのに……。
修一郎：なぜかあいつは俺に懐いているからな。目にゴミが入りすぎる。
修一郎：それに、白崎の家には定期的に食事を配達している。
修一郎：ゆえに問題はない。
まあや：そういえば、なんでキャットフードじゃダメなの？
修一郎：猫も人間と同じだ。エネルギーや炭水化物、タンパク質や脂質、ビタミンやミネラルなどを摂取するために食事をしている。
修一郎：保存料はできる限り入っていない物の方が望ましいだろう。
まあや：毎日コンビニのお弁当だけだと不健康になりやすい、みたいな？
まあや：修一郎くんはいいお父さんになりそうだね♪
修一郎：育てられなくても拾ったのは俺だ。食事ぐらい保障しなくてどうする。
修一郎：それと、父親になるためにはまず、こんな変人と結婚する相手が必要だ。
まあや：いると思うよ、修一郎くんとなら大丈夫、って考えてる女の子。

まあや：男の子って、お顔とかスポーツとか、いろいろあると思うけど、
まあや：前も言ったけど、少しぐらい個性的でも、結局、男の子は優しいのが一番！

　少しぐらい個性的でも、結局、男の子は優しいのが一番、か……。

「慰められて心が痛い」

　改めて考えてみれば、真綾のタイプが優しい男の子。そのような可能性も確かにある。

　だがそうでなければ『取り柄がなくても優しさだけで女の子と付き合えることは一応、ないわけではないよ！』『だからファイトだ！』と気を利かせてくれているのだろう。

　そこで再度、真綾から画像データが届く。

「なっ⁉　これは⁉」

まあや：にゃんにゃん、みーちゃんから借りて、猫耳を着けてみた自撮り！

まあや：仲間を見付けて、これにはニャン次郎もご満悦のもよう。

「ニャン次郎……ッッ！　俺の最大の敵はお前か⁉」

　画面に映る猫耳＋ラフな部屋着で、ニャン次郎を抱きしめてゴロゴロしている真綾。

クッ、れ、っ、冷静になれ！

真綾がこの写真を保存しない可能性や、誤って削除してしまう可能性もある。

バックアップを取っておいてデメリットはないはずだ。

「まぁ、いい。この程度で取り乱す俺ではない。計画のファーストフェイズを始めよう」

修一郎：ところで真綾、来月の一四日の放課後、なにか予定、入ってるか？
まあや：大丈夫！　空いてる！　けっこう先のことだしw
まあや：どっかに遊びに行く？
まあや：ていうか、珍しいね、修一郎くんの方から誘ってくれるなんて！
修一郎：あぁ、映画のチケットを友達からもらったんだ。
修一郎：もしよければ、一緒に見に行かないか？
まあや：ＯＫ！　楽しみにしているね♪
まあや：でも……『友達』から映画のチケット、もらったんだ～？

しまった……。この反応、まさか、他の女子との関係を疑われたか？

俺と放課後に遊びに行くような相手、真綾しかいないというのに……。

修一郎：言っておくが男子だぞ？
まあや：そうじゃなくて、わたし以外に友達いたの？
「……臆するな、俺、まだ抗える」
修一郎：悪魔の証明を知っているか？
修一郎：なにかが存在していない、ということを証明することは非常に難しい。
まあや：修一郎くんに友達ができたら、わたしの耳に届かないわけがないと思う！
「チッ、ダメだ、情報戦で勝てる気がしない！」
修一郎：学校の外でできたという可能性は考えないのか？
まあや：いっぱいわたしと遊んでるんだから、外で友達作る時間ないでしょ？
「……きょ、今日のところはこれぐらいにしておくか」

修一郎：それでは、そろそろ寝かせていただく。また明日、学校で。
まあや：今日は寝るの早いねw
まあや：また明日、学校で！
まあや：おやすみなさい、修一郎くん♡
修一郎：あぁ、おやすみなさい。

「ふむ、本当は夕暮れの教室で告白する予定だったが……行き先を訊かれて教室と答えるのは肩透がしだからな。やむを得ない。計画を変更して、今から前売り券を購入しよう」

ここで教室に居残るよう頼んだら、確実に怪しまれていた。

それに、よく考えれば呼び出しするのに教室を指定するのも危険だったか……。

真綾自身にこちらの思惑が読まれやすく、なにより、不確定要素が乱入しやすい。

「さて、幸いにも俺たちは連絡手段も確立しており、放課後に二人で遊べる関係も構築し終えている。この前提がある以上、プランをセカンドフェイズに移行しても問題はない」

あとは真綾の反応を確認しつつ随時、プランに修正を加えれば――、

――告白ののちに、俺の初恋は成就される。

「問題はなにもない。だから、作戦開始だ」

◇◆◇◆

そして訪れた六月一四日の放課後——、
仙台駅の構内、待ち合わせ場所であるステンドグラスの前にて——、
俺はスマホを使い作戦に必要な情報を最終確認していた。

計画は完璧。

晴天で、天気予報を改めて確認しても、降水確率は〇%だった。

映画を観終えた頃には、ちょうど良く夕暮れ空が綺麗に広がっているだろう。

俺がこの前に買った本『恋愛にも使える脳神経科学』に書いてあった！

人は夕方から深夜にかけて、副交感神経が働きリラックスし始める傾向にある。

だが人間は自分のことだろうと、それらをリアルタイムで全て知ることはできない。

つまり夕方だからリラックスしていても、この人が隣にいるからリラックスできるんだと錯覚することもあり、それを恋愛に利用することも可能……らしい！

それに本日の最終目的地も問題なく営業中で、会話のネタのストックも完了している。

正直、やたら突発的なイレギュラーが発生しない限り、告白の成功は約束されていると言っても過言ではないだろう。

「あっ、修一郎くん、お待たせっ」

「いや、俺も今来たところだ」

「あ～、一緒の電車だったのかなぁ？」

「悪いな。並んで帰る姿を見られると……」

「ふふっ、そうだよねぇ、質問攻めにあっちゃうし、そしたら、遊ぶ時間も減っちゃうし」

「なら、時間ももったいないし、行こうか？」

「おっけぃ！」

促すと、真綾は俺の横に並んでくれて、そのまま二人で映画館を目指し始めた。

穏やかな気持ちで声を弾ませ話しながら、放課後の駅前を相手の歩幅にあわせて進む。

客観的に見ても、かなりいい雰囲気のスタートを切れたと言えるだろう。

そして映画館に到着すると、まずはチケットカウンターにて前売り券と入場券を交換した。そのあと、二人でフードカウンターに並び仲良くお喋り（しゃべ）りをする。

「修一郎くん、飲み物はなににする？」

「コーラだな。ポップコーンはどうする？」

「食べたいけど……一人じゃ終わるまでに食べきれないから、一緒に食べてくれる？」

「わかった。あと、ポイントが溜まっているからそれで払うよ」

「うん、ありがとっ」

数分後、会計を済ませて飲み物とポップコーンを持ち、俺たちはスクリーンに向かった。

そして二人並んで座り、スマホの電源をオフにする。

「電源、オフにしていいのか？」

「友達になにか訊かれても、電車で寝過ごしちゃった、って答えるから大丈夫♪」

ちなみに、俺が選んだのは王道中の王道である青春恋愛映画だ。

言い換えればテンプレート気味でわずかに迷ったが、ここでわざわざ変に定石を外す必要もないだろう。

それに、驚くことなかれ！

俺は事前に一人でこの映画を観ておいたのだ！

断言するが、あまり観ないジャンル特有の新鮮さを除外しても、料金以上に面白い。

さらに、言っても聞いても悶えるようなことだが、本当に大切なことは別にある。

真に一番大切なこと、それは相手と並んで映画を観ているという事実自体だ。映画館から出たあと、駅前を歩きながら感想を言い合えればモアベターである。

そして上映開始して、さらにそこから数分後──、

──ウソ偽りなく偶然、どちらともなく肘と肘が接してしまったのがキッカケだった。

「──んっ」

「……むっ」

まずは真綾の方から、今度は手の甲同士を、恐らく意図的に触れ合わせた。

察するに、上映中でもお構いなく、じゃれ合いたくなったのかもしれない。

ただシンプルにそれが楽しいから。

十中八九、そのような理由だろうが、時々真綾はこういうことを仕掛けてくる。

他の観客にバレるかもしれない。

なんて一瞬だけ逡巡（しゅんじゅん）したが……いや、他の観客は映画に集中しているし、極論、知り合いもいないのだから、バレても特に問題はないか。

俺はその攻撃から戦略的撤退を試み、次に、手薄になっていた真綾のローファーを、自分の靴の爪先でつついた。

しかし、真綾は居直るように全身を俺の右側から寄せてきて密着反撃を開始。

俺は男性で、女性と比較すると当然、外股気味だ。

そのこともあり、このままだと靴どころか、互いのふくらはぎや膝まで触れ合ってしまう可能性が出てくる。

再度、戦略的撤退を試みた俺は、手持ち無沙汰をアピールするように、右手で頬杖を突く。

籠城戦だ。これで右手、右腕に小競り合いを仕掛けることは格段に難しくなった。さらに上半身が真綾の方に傾くことにより、両脚は真綾の脚が届きづらい左側に移行する。

完璧だ。

あまりにも完璧な作戦だ。

「────♡」

「…………っ」

そう、真綾まで俺の方に身体を預け──、

──寄り添い合っている状態になってしまう展開を除外すれば。

「面白かったね、映画も、じゃれ合うのも」

「クッ、他の観客の迷惑にならないよう、俺があえて、自ら棄権したことだけは忘れないでいただきたい……っ」

「ふふっ、はいはい。照れちゃったんじゃなくて、戦略的撤退、なんだよね？」

「と、っ、当然だ。映画を楽しむという終わりにさえ辿り着ければ、その方法に執着する理由もないだろう」

地上三一階、仙台でも有数の展望台にて——、
俺と真綾は煌めく夕日と、茜色に染まる空を眺めながら雑談していた。

他に利用者は誰もおらず、完璧に地上から隔絶された、二人だけの空。

「今日、誘ってくれて、ありがとね」

「……礼には及ばない。いつも、真綾の方から誘ってくれていたからな」

恐らく、真綾は純粋に目の前に広がる赤らんだ街並みを楽しんでいるのだろう。

実際、俺の目から見てもすごく綺麗な光景だと感じる。

とても広大で、なのに物静か。

いつも遊ぶ街を空から眺めているからか、非現実的というか、とても空想的だ。

「ここに、なにか用があったの？」

「……いや、正直、人混みに疲れただけだ。申し訳ないと思うけど、もう少しだけ、一緒

にここにいてもらってもいいか？」

「もぉ、しょうがないなぁ——でも、わたしも休憩したかったし、どうせ休むなら、静かで、景色が綺麗なところの方がいいよね」

「ありがとう、助かるよ」

「礼には及ばない、キリッ！」

「……おい」

「ふふんっ」

筋違いとは理解していても、俺はどこか咎(とが)めるような視線を真綾に送った。

しかし、真綾は自信満々な表情で俺に目線を送り返し、いわゆるドヤ顔を炸裂(さくれつ)させる。

「真綾」

「なに？」

「手を繋(つな)ぐなんて、フッ、天空の世界が怖いのか？」

「え～、親友なら普通じゃないかな？　女の子同士だとけっこうみんなと手、繋ぐよ？」

つまり、これは特別な人とのみすることではない、ということか。

「それに、確かに高いところ、怖いから、さ？　手、繋いでもいいよね？」

「～～～っ」

「あれぇ？　修一郎くん、顔、赤くなってない？」

「夕日が世界の全てを深紅に染めているだけだ」

「目にゴミが入ったんじゃなくて？」

「いつまでそのネタを引っ張る⁉　目にゴミが入って顔が赤くなるものか！」

「え～、目にゴミが入ってクシャミしちゃう男の子に言われたくないなぁ」

あまりよくはないが、ひとまず問題はないということにしておこう。

好きな女の子にからかわれて、多少は気恥ずかしい。

だがそういうじゃれ合いも含めて、全ては俺の予想の範囲内だ。

不測の事態も一切起きることはない。

だから静かで、適度な明るさで、周囲に誰もいない状況を作り終えたのも必然だ。

それに『恋愛にも使える脳神経科学』の続編である『恋愛にも使える生理学&性科学』にも書いてあった。

やはり人は錯覚する生き物だから、吊り橋効果や遊園地のお化け屋敷、心拍数が上がる激しいスポーツなどは恋に有効だと！

この書籍の情報に従い、このような景色が綺麗な高所まで真綾を誘うことができた。

友達という形と言葉に終止符を打つのは今しかありえない。

告白するんだ、この瞬間、この場所で！

「真綾、伝えたいことがあるんだが……」

「どうしたの、改まって？」

「俺、実は──」

──待て。

俺はこの作戦において限られた時間の中で、我ながら目を見張るようなシチュエーションを構築することに成功した。

しかし、それで真に完璧な計画と言えるのか？

本当にこれは、なに一つ問題のないシチュエーションなのか？

いや、違う！

実際、俺の羞恥心を除外しても、問題がなかったわけではない！

特に今回、俺は放課後に映画館に行く、というプランを採用した。

人は暗所だと瞳孔が広がり、その状態で異性が映れば魅力的に見えてしまう。

『恋愛にも使える生理学&性科学』にもそう書いてあったし、メリットは多い。

だがその反面！　二人で会話した時間は経過時間と比較して驚くほど短かった！

……っ、どうする？

完璧ではない計画を実行するか否か。

いや、これも違う……ッッ！　重要なのはそこではない！

最優先で考慮すべき結末は、この瞬間、真綾に振られてしまうバッドエンドだ！

それは――、っ、イヤだ。

自分の想いを伝えたいから伝える。

だが、それで相手の心情を考えられているのか？

先月にも自分で考えただろう。

優しさとは他人に自分の都合を強制するモノではなく、自分が他人に施すモノだ。

焦るな。相手のことを考えろ。

みっともなく自分の気持ちを一方的に伝えて、それで相手に不愉快に思われたら本末転倒ではないか！

問題が、気がかりがあるなら慎重になれ。

告白が迷惑になる。そういうケースは恋愛弱者の俺でも聞いたことがあるだろう！

脚が竦む。

喉が渇き、それを生唾で誤魔化す。

情けない限りだが、だからと言って否定はできない。

怖いのだろう、自らの言葉を拒絶されることが。

ならば、決まりだ。

問題があるということは即ち、まだ最善手が確実に存在しているということだ。切り札になりうる希望を温存したまま終わるなんて、そんな間抜けは許されない……ッッ！

『焦燥感』

これを理由に、余裕もなく先走るぐらいなら——ッッ、

「あれ？　修一郎くん？」

「——あぁ、実は、その……親の再婚で、義理の姉ができることになったんだ」

「は？　えっ？　あっ、そ、そうなんだ……」

「だから俺も引っ越すことになって……学校との距離はむしろ短くなるらしいが、真綾が遊びに来た場合、義理の姉と会うこともあると思う」

「へぇ〜、修一郎くんって、確かにお兄ちゃんよりも、弟って感じがするもんね」

……おかしい。なんだ、この違和感は。

大局的に考えた結果、告白を延期した。

とはいえ、真綾からしてみれば確実に告白を察することができる雰囲気だったはずだ。

俺と両想いなら寂しさや不甲斐なさが、俺の片想いなら告白を回避した安堵感が。

程度の差こそあれ、表情として浮かぶはず。

なのに、俺をいつもよりからかっているこの感じはなんだ？

「それでなんだが」

「なになに？」

「いくらか俺の環境は変わるだろう。だがそれでも、これからも真綾とはこうして、遊んだり、話したりしたい。それだけは、せめて伝えたいと思ったんだ」

「当然っ！　一番の親友が勇気を出して、素直に伝えてくれたことだもん」

◇◆◇◆

「失敗した！」

マンションの階段を苛立ち混じりに踏みつけるように上りまくる。

「失敗した失敗した失敗した失敗した失敗した失敗した、失敗した……ッッ！」

そして三階に着くと一番端を目指して廊下を進む。

角部屋の前に着くと、今度は鍵を開けて中に入った。

「あっ、おかえり〜、しゅ〜いちろ〜」

「あれ？　ただいま、母さん。今日は休みだったのか？」

「社内カレンダーとかいう悪しき風習があるからねぇ」

「わかった、少し休んだら夕食を作る」

多少のやり取りはするがリビングには行かず、俺はそのまま自室に向かった。

「バカな、ありえない!?　確かに計画は完璧ではなかった。だがそれ以上に、人の心は〇か一かの二元論ではないだろ！　それでも、もしあの時、拒絶されたらと思うと、恐怖しか浮かんでこないのも事実で……。怖気づいたというのか、この俺が……ッッ」

ひとまずカバンをベッドに放る。

そして乱暴にデスクチェアに座り、衝動的に台パンを――ッッ、

「チッ、いや、待て。物に当たるのは賢明とは言えないな。それに、騒々しくすれば母さんに不愉快に思われる確率が高くなる。こちらとしても、このタイミングで干渉されるのは望ましくない」

俺は勢いよく立ち上がる。

次に本棚の前に立ち、『恋愛にも使える脳神経科学』を始めとする恋愛マニュアルやら、デートのコツやら、デートの流れやら、ファッション誌やら……、
そういう書籍を次々にフカフカのベッドに叩き付けた。

「――すべて潰れろ、愛を記した人類の叡智よ」

恋愛のノウハウ本は、ぽす、ぽす、と、気の抜けるような音でベッドにダイブし続ける。

もうダメだ、俺は……。もとからかもしれないが……。

「致命的だ、他人に好意を伝えるのが怖すぎる！」

床に膝を突いて、絶望にも等しい結果に俺はうなだれた。

そして今度こそ、床に拳を叩き付けようとしたが――、

「ハァ……、下の住人に迷惑をかけて、苦情が来ても困るな。やめておこう」

ガバッ、と、俺は顔を上げるとフカフカのベッドに拳を振り下ろす。

無機物に憤りのあまり握り締めた拳を受け止めてもらっても、微塵も嬉しくなかった。

「なんという体たらくだ……。論理的で大局的なアプローチが、感情的で一時的なアピール、告白の不発――いや――勇気の欠落で破綻するなんて」

ふと、俺は先刻、ベッドに叩き付けた本を回収し、目当てのページを開いた。

が、それを確認すると俺は再度、その書籍をベッドに叩き付ける。

「ハァ、告白の成功率を上げるおおまかな傾向など、とっくに把握している。俺がどれだけその類のサイトを巡回したと……。俺が知りたいのは告白の発音方法だ……」

その時だった、母さんの声がドアの向こうから聞こえてきたのは。

『ええ、っと……あ～、失恋でもしちゃった？』

「違う！　コホン、まぁ、あれだ。その場の判断にわずかな誤りがあったとはいえ、大局的に考え、決着を保留にしただけだ。現状維持であり、幸いなことに敗北ではない」

『あっ、はい。なら、そのぉ、今日の夕食当番、代わる？』

「必要ない。自分に与えられた役割は必ず果たす。それがコミュニティというモノだ」

次こそは成功させる。

どれだけチープな言葉だろうと、関係ない。

告白で一番重要なのは結局、恐怖を超えるほどの勇気ということか。

◇◆◇◆

先々月、始業式の日の夜、母親から「再婚したい人がいる」という旨（むね）を伝えられた。

三三歳だし、そういう相手がいても不思議ではないだろう。

いや、母親に使うような感想ではないかもしれないが……。

相手は以前から紹介されていた、同じ会社のプログラマーの佐藤真尋（さとうまひろ）さん。

まぁ、いつまでも俺がいるから再婚できない、というのでは罪悪感が湧いてくる。

それで「母さんが再婚するのに、俺の許可なんて必要ないだろ？」と伝えて約二ヶ月後の六月一七日、金曜日の夜——、

「真尋さんとは何回かお会いさせていただいたが……正直、気まずいな」

「そう？　気にしすぎだよ～」

ついに義理の姉となる相手と出会う瞬間が迫っていた。

来るべき会食に赴くため、俺と母さんは仙台駅前を歩き続ける。

「いや、明日は一日中、引っ越しで忙しいはずだ。しかし明後日には確実に、初対面で同年代の異性との共同生活が始まる。俺自身が戸惑うことも多々あるだろうが、相手の方がより複雑な心境に違いない。配慮せねば」

「ええ、そうかな～？」

母さんは気楽に考えているようだが、俺の考えは違う。

確かに世間体というモノもある。だが、それは視線を気にする理由であり、根本的に恋愛の対象として認識することを自戒する理由ではない。

ただそれでも、相手が義理の姉だろうと、一般的には恋愛の対象にはなりえない。

いや、厳密には、あまりしてはいけない。

もちろん、法的には結婚が可能なのだから問題はないだろう。

しかし、冷静に相手の立場になって考えればわかる。

明後日から大義名分を得た見知らぬ男性が同じ家で暮らし始めるのだ。

となれば普通、自分の家なのに、心休まることも少なくなるだろう。

それに……他人に親切にしないと、巡り巡って居場所を失うのは自分だからな。

「まぁまぁ、向こうがぜひ、修一郎くんとは一緒に暮らしたい、って言ってきたんだし」

「ん？　社交辞令ではなくてか？」

「お世辞だったら、ぜひ、とは言わなくないかな～？」

よく考えてみれば、向こうの意図が読めない。

俺の方は姉の件について「同居するか否かは向こうの判断に任せる」と返した。

だが一般的に、女性は初対面の男性と一緒に暮らすなんて、相当不快なはずじゃ……。

「目先の問題に集中しすぎたか……。なぜ断ることもせず、そこまで積極的なんだ？」

「いやいや……、もうすぐ本人と会うんだし、直接訊けばいいじゃん」

ちょうどその時、俺と母さんは件の寿司屋があるビルの前に到着した。

中に入り、エレベーターに乗って四階の寿司屋へ。

続いて母さんが店員さんに予約していた名前を伝えると、店の奥の座敷に案内される。

「佐藤様、お連れ様がご到着なされました」

「あっ、はーい」

襖（ふすま）の向こうから男性の声が聞こえてくる。俺の義理の父親になった真尋さんの声だ。

そして襖が開き、俺は真尋さんと、その隣にいた女性を見て——愕然（がくぜん）とした。

「…………ッッ、真、綾……っ？」

「こんばんは、修一郎くん」

バカな⁉　なぜ真綾がここにいる⁉　なにかのドッキリか……？

「修一郎、とりあえず座ろう？」

「あ、あぁ」

いつまでも立っていると訝（いぶか）しまれるのは理解できる。

で、座らせていただいたが……対面の席には真綾がいる。なんだ、この組み合わせは？

「修一郎くん、こんばんは。もう真綾から聞いていると思うけど、これからは姉弟として
も、真綾と仲良くしてくれると嬉しいよ」

「は……？　姉弟、ですか……？」

おかしい。俺は至極当然なことを聞き返したはずだ。

なのになぜ、母さんも真尋さんも、不思議そうな顔で俺を見る？

「あれ？　真綾から聞いていなかったかな？」

「お父さん、修一郎くんを驚かせたいから、わたしが自分で伝えるって言ったでしょ？」

「えっ？　うん」

「でも言葉で言うより、実際にお父さんと一緒にいるわたしを見せた方が、驚くかなぁ、って♪」

「ええ……、ご、ゴメンね、修一郎くん。真綾が変なイタズラしちゃって……」

「い、いえ、お気遣いは不要です……」

やってくれたな、真綾！

イタズラに成功してそんなにニマニマしやがって、可愛すぎて咎められないだろうが！

チッ！　これは流石に動揺しない方が化物だ。

この俺がここまで冷静さを奪われるなんて……ッ！

とはいえ、もう全てを理解した。

真実はいつも一つ。

しかし、その解釈は千差万別だ。

件の真実を、真綾がどのように受け取ったかはわからない。

翻り、俺にとってそれは絶望の象徴。

つまり、俺の義理の姉になる女性は——、

「それじゃあ改めて——この度、修一郎くんのお姉ちゃんになった佐藤真綾です♪　趣味は読書とゲームとカラオケ、あと、カメラと天体観測。特技は家事全般とピアノ。これからはクラスメイトとしてだけじゃなくて、姉弟としても、よろしくね」

「ええ、っと……、佐藤、修一郎……、です。まぁ……、その……、これから、あの……、よろしくお願いします。姉弟としても仲良く……」

しまった。

真綾が俺にドッキリを仕掛けてきたということは、多少の愉快な反応は許容される。

しかし、それにしたって、あまりにも頼りなさすぎるリアクションをしてしまったか。

「なんか修一郎と真綾ちゃんのお見合いみたいですねぇ、真尋くん」

「そうですね、修花さん」

クッ……、息子として、母親の幸せは喜ばしく思う。

しかし、前言撤回だ……っ！

俺は義理の姉と結ばれてみせる。

同じ家に住む以上、気持ちがバレたら間違いなく警戒されるだろう。

だから絶対にバレるわけにはいかないが——それでも、俺は絶対に諦めない！

第二話　最悪の窮地に立たされたことは、諦める理由にはならない。

六月一九日、日曜日の朝――、

俺を微睡から解き放ち、光の差す世界に呼び戻したのはエプロン姿の天使だった。

「おはよう、修一郎くん」

「真、綾……？」

「えっ？　もぉ、寝ぼけ過ぎだよ？　わたし以外の誰に見えているの？」

白くて大きめの萌え袖パーカー&ホットパンツ with 家庭的なエプロン。

尊い、なんだこの女性は？　佐藤真綾か？

「なぜ、真綾が俺の部屋に……？」

「なぜって……家族になったんだよ、わたしたち」

恐らく真綾がカーテンを開けたのだろう。爽やかな日の光が差し込んでいた。

「あっ、朝ごはん、作っておいたから、早く食べよう？」

「…………」

「んっ？　まだ眠いの？」

「そうか……、これは夢だ。そうに違いない」

「いやいやいや!?　わたしたち、もう家族でしょ!?」

「まほろばの夢は泡沫のように、いずれ消えゆく」

「えぇ……、寝ぼけていてもその中二言語、喋れるんだ……」

「あぁ、そうだ。これは俺を片親の子どもだと見下して、愚かにも嘲笑ってきた雑魚共を討つために創造した剣にして盾。しかも肉体融合型だ。おやすみなさい」

「なんでこんな平和な朝にシリアスな過去を投下するの!?　こらぁ、起きろぉ！」

「こんなにもあたたかで幸せな家庭の夢、覚ますぐらいなら夢の中でも起きるものか」

「ほぇ!?　そ、そんな、大袈裟な……」

「む、うぅ……、んっ……」

「潜っちゃダメ！　っていうか、本当に家族、姉弟になったでしょ、わたしたち」

わたしたち……、家族……、姉弟……、は？

姉弟……っ!?

「あっ、起きた。おはよう、修一郎くん」

「いや、実は先ほどから少しは意識があったが、おはよう、真綾」

「全然、実は、じゃないけど、えっと……、どうしたの？」

「思い、出した……ッッ！」

「あ〜、そっか〜、覚醒したんだね、意識が。はいっ、寝ぼけるのは終了！」

「真綾」

「んっ？　なになに？　お姉ちゃんにお話ししたいことあるの？」

「おやすみなさい、闇に飲まれる」

「えっ？　うん、おやすみなさ……って、もぉ、潜るなぁ！　闇に飲まれるなぁ！」

「そうか……、これは夢だ。そうに違いない」

「さっきと声のトーンが違うんだけど⁉　こらぁ」

やたら上機嫌で嬉しそうに真綾が俺からシーツを強引に奪った。

俺は最後までシーツを摑んで抗ったため、引きずられるように真綾の方に転がるが
――、

「…………ッッ」

「んっ？　どうかした？」

真綾、いくらなんでも無防備すぎる！

中腰の姿勢のせいか、パーカーの隙間から真綾の胸の谷間が見えてしまっている。

やはりそれは雪化粧を施したように色白で、正直、同じクラスの他の女子と比較しても

かなり大きく膨らんでいた。

しかも動くたびに揺れる。かといって目を逸らしたら、姉になった相手をそのように認識している。そう露見してしまう可能性も否定できない。

——ん？　待てよ？

「お～い、朝ごはん、本当に冷めちゃうよ？」

「——、あぁ、流石にそろそろ起きるよ。冗談も、そろそろ終わりだ」

冷静になれ。状況の分析が最優先だ。

現在進行形で真綾の胸元は正直、ベッドの上で起き上がっただけの俺には見えている。

が、なぜかは知らないが、奇跡的に真綾には自覚がない。

端的に言えば無防備すぎる。

信頼し合っている親友という自負もあったが、それを除外しても全く警戒されていない。

まさか、そういうことなのか？

真綾は俺のことを——、

——すでに弟、恋愛の対象外というカテゴリーに入れてしまったということか⁉

やられた……ッッ！

考えてみれば自明のことか！

真綾は俺よりも先に俺たちが姉弟になるという情報を摑んでいた。

ならば俺のことを弟として認識する準備期間が、すでに終了している可能性も……ッ！

「ボ～っとしているけど、熱でもある？」

「いや、頭に酸素が回ってい、な……!?」

真綾は俺の額に自分の額をあてるが……今度は胸の谷間が覗けるだけではない。

真綾の唇が、あと少し近付けばキスできる近さにあった。

「熱はないみたい」

「まぁ、あれだ。普段運動していないのに、昨日はよく動いたからな」

確かに、他の男子相手にもこのガードの緩さを披露していたら率直に、心配ではある。

しかし、こちらとしても警戒されると厄介だ。

もう俺たちは、姉弟になってしまったのだから。

ハッキリと認めてしまうが、真綾の胸にドキドキしているのは事実だ。

好きな女の子の素肌だからな。

そしてだからこそ、動揺を、看破されるわけにはいかない……ッッ！

「それじゃあ着替えるから、その……」

「あっ、そ、そうだよね。わたし、下で待ってるね？」

◇◆◇◆

あれから約六時間後の午後の二時、俺は仙台駅前のカフェにいた。

前の家に忘れ物をしたかもしれない。

そういう建前で、俺は一人で考え事をする時間を設けることにしたのだ。

予告もなく、初恋の相手が義理の姉になる瞬間に、それを知ったのだ。

そしてあれからまだ二日。

「心の整理が付くまで残り続けてみせる！　……四一〇円のドリップコーヒーで」

よし、改めて状況を整理しよう。

まず、俺の母親、柘原修花はシングルマザーのプログラマーで、父親とは人生で二回しか会ったことがない。腹違いの妹たちの方がよほど定期的に会っている。

それはともかく、去年の春あたりに母さんと真尋さんが付き合い始めたらしい。

いわゆる社内恋愛というヤツだ。

年末年始のあたりから、俺も真尋さんとお会いするようになった。

それで一昨日は婚姻届を提出したあと、各々の家で子どもと合流して仙台駅へ。

社内カレンダーという悪しき風習が役に立った稀有な例である。

最後に、真尋さんは真綾の父親とのこと。結果、確認するまでもなく当然だが、再婚に伴い真綾は俺の義理の姉に……。

義理の……、姉に……。

恋していて……、告白も、しようとして……。

「って、こんな展開、予想できるか！　予想できたらそいつの頭脳は神にも等しい！」

フン、まぁ、嘆いていても仕方がない。

不平不満を他人や世界にぶつけたところで、自分や現実はなにも改善しない。

そして現実が改善しないということは、不平不満が生まれ続けるということだ。

負のスパイラルなんて時間の無駄だし、どこかで区切りを付けなければ。

というわけで、脳内会議を始めよう。

まず、血縁関係がないゆえに、義理の姉と弟は結婚できる。

しかし、それは法的に問題がないだけだ。

一般的な理解が得られるとは、あまり考えない方がいいだろう。

それに、事情を知られて余計な首を突っ込まれても困る。

いかんせん、同じ教室から義理の姉弟が誕生するんだ。

日常会話の延長線上にある冗談だろうが、ウソ偽りない嫌がらせだろうが関係ない。

なにかしら、俺と真綾の関係を勘ぐるような会話が多発するだろう。

感情的に思っても不愉快だし、論理的に考えても、計画に支障が出るのは論外だ。

義理とはいえ姉弟なんて、周囲からの好奇の視線は免(まぬが)れない。

クラスメイトにバレた刹那、全てを茶化され未来は闇に包まれるだろう。

俺に友達がいないことなんて些事(さじ)にも値しない。

匙(さじ)から砂糖を落とすと蟻(あり)が群がるのと一緒だ。

「しかも、これに加えて恋愛感情、か」

弟が義理の姉に初恋を捧(ささ)げている。

俺は自分の感情を、恥じるようなモノとは思っていない。

しかしそれでも、からかうヤツはからかうし、盛り上がるヤツは勝手に盛り上がる。

その視点から考えても、俺と真綾の関係は今まで以上に秘密にするべきだ。

小学生の頃、女子と一緒に下校した男子が、同級生にからかわれることがあった。

起きうる未来はその延長線上にあるのだろう。人間、高校生になった程度では、生きるのが上手(うま)くなっただけであり、案外やることは変わらないと俺は考えている。

「可能性の話ではあるが、コストとリスクを天秤(てんびん)で量れば、やはり隠すべきか」

これは俺の初恋だ。
真綾を含め、周囲に迷惑さえかけなければ、俺の好きにして咎められる道理はない。
徒労に終わればそれでいい。
姉弟という形も、好きという想いさえも！
あまねく全てを俺は秘密にしてみせる！
「──っ、あぁ、やはり気持ちの方は、真綾にこそ秘密、だよな」
いろいろ複雑だが、好きな相手と一緒に暮らせるんだ。
カップルや夫婦としてならベストだったが、当然、嬉しくないわけがない。
だが、真綾の方はどうだ？
多少親しくても、やはり同年代の異性と一つ屋根の下、というのは不安だろう。
一昨日も同じようなことを考えた。
そして姉の正体が真綾と知った今でも、その考えは変わっていない。
見知らぬ相手ではなかったとはいえ、同級生が同じ家で暮らし始めるのだ。
いや、俺が真綾と結ばれたいという前提がある以上、より問題があると言える。
「俺は、真綾が好きだ」
しかし一般的に、弟は姉に恋をしない。

そして、それは姉の方も同じなんだ……ッッ！
実際に姉弟になって、今後を想像してみて痛感した。
当事者として姉弟で恋愛するなんて、理屈の上では大丈夫でも不安が大きい。
だから相手が絡んできても、それは姉として。
そのことを常に意識して、演技し続けなければならない。
嗚呼、もう、理解している。
これから始まる全てにおいて、俺の気持ちを一番に秘密にすべき相手は、真綾本人だ。
互いに信頼し合っているが――それだけではどうしようもない壁があるんだ！
「狙っているとバレて、嫌われたくはない」
しかし、希望はある。
家で仲良くしないわけではないが、それでも俺たちは書類上の、形だけの姉弟だ。
別に親友同士だった約一ヶ月がなくなるわけでもない。
ならば！
結婚まで突き抜けてしまえば問題はない！
いや、まぁ、流石に、自分でも非常識な答えだと思うが……。
「それでも人は、自分や、関係の呼び方に、こだわるモノだ……ッッ！」

たとえば、当然、俺は俺に変わりない。だが、修一郎くんと呼ばれるのと、小学生の頃のように悪く言われるのには、雲泥の差があるだろう。

だからこだわる。

真綾と籍を入れたいと思う。

望まない形の同棲なら、望む形の同棲に変えてみせる。

同級生にバレた場合も、俺たちが姉弟だからこそ、普通と比べて興味関心が増幅する。

だから少なくとも、姉弟であることは卒業まで隠し通す。

真綾に関しても、まだ弟、恋愛の対象外として分類されたとは限らない。

だからこちらは、関係が固定化されるより早く、ハッピーエンドに辿り着く。

手を打たれる前に手を尽くせ！

弟になってしまう前に、今度こそ佐藤真綾と結ばれる！

完璧だ……ッッ！

流石にまだ計画とは呼べないが、方針としては微塵の隙さえない完璧なモノだ！

俺にはできる。

いや、俺にしかできない！

「――そうだ、最悪の窮地に立たされたことは、諦める理由にはならない」

○●○●

わたし、佐藤真綾は今日——、

——ずっと好きだった男の子、柘原修一郎くんと同棲することになった。

お風呂場で一人になって改めて思うと、少しボ～っとしちゃって、わたしは湯船に沈んでいく。

が、ほんの数秒で顔を上げて、身体の火照りを誤魔化すように大きく息を吸った。

「ぷはぁ！」

ヤバイ、ドキドキしてきた。のぼせてもきちゃった。

えっ？　同棲⁉

いや、わたしは前々から知っていたけど——ダメかも。

心の準備はできていたはずなのに。

意識しちゃって、勝手に口元がにやけちゃう。

胸が高鳴って、赤面した顔が鏡に映って……嬉しくて、緊張していて、期待もしてる。

「少し落ち着かないと上がれないね、これ」

わたしと修一郎くんは学校ではクラスメイトで、お家では義理の弟とお姉ちゃん。

もちろん最初はビックリしたけど、さ。

考えてみれば、そんなのどっちでもいいことに気付いた。

だって当然――、

「――やっぱり人との関係で、一番大切なのは気持ちだと思う」

もちろん同棲できることはすごく嬉しい。

そして、わたしが修一郎くんのことを好きって気持ちも変わらない。

だから、姉と弟の関係になったことも、気にすることはない。

むしろ姉弟になっていいことずくめだと思う。

お家に帰れば、お父さんとお義母さんの仕事が終わるまで二人きり。

「しかも今のわたしには――新しくできた弟と仲良くしたいお姉ちゃん、そんな最強の建前がある！」

もちろん、義理だとしても、普通の姉弟がしないようなことも考えている。

だって、想いは変わっていないから。

けど……不安なことがないわけじゃない、んだよね……。

「う～ん、男の子ならアレ、普通は嬉しいはず、だよね？」

ふと、わたしの視界に家族四人分のシャンプーが入った。

わたしのシャンプーの隣には、修一郎くんがいつも使っているらしいシャンプーがある。

むぅ……、わたしはシャンプーを見ただけでドキドキしているのに――、

「――修一郎くん、全然、ドキドキしてなさそうだったなぁ」

自分の胸を両手で軽く寄せて谷間を作ってみる。

わたし、魅力なかったのかなぁ?

今朝、一瞬だけわたしの胸の谷間を見て動揺したのは、こっちも知っている。

けど、仮にわたしが実姉でも、胸元が見えちゃったら男の子は焦るような気もする。

だから、違うのかな?

焦ってくれたのは、むしろ嬉しいし、わたしが望んだこと。

じゃあなにがモヤモヤするのかって言えば――、

「たった二日で、恋愛対象として見られなくなっちゃったのかなぁ?」

驚いたあと、なぜかすぐに平静そうに振る舞われちゃった。

わたしと修一郎くんの場合、三日前までは友達以上、恋人未満だったのに……。

「けど、だからこそ、どっちにしたってやることは変わらないよね」

経緯はどうあれ、好きな人と一つ屋根の下で暮らすことになったんだ!

こんな最高のチャンス、絶対に逃すわけにはいかない！

友達にこの関係がバレたらマズイけど、なるべく家に友達を呼ばなければいいだけだ。

やっぱりプライベートなことだし、個人的にはあまり知られたくない。

ていうか、根も葉もない変なことを噂(うわさ)されるのがイヤだ。

もっと言うなら、ホントに修一郎くんと結ばれても、自分たちのそういうことを面白おかしく言われたくない。

「う～ん、やっぱり最後に悩んじゃうのは、修一郎くんの気持ちなんだよなぁ」

実際、こっちが先に知って、限界のギリギリまでわたしが義姉になることを隠しても、告白もラブレターもなにもなかった。

仮にわたしが振られた場合でも、わたしたちはそのあとも、姉と弟としてやっていく。

そうなっちゃったらすごく気まずい。

つまり、告白できる回数はたったの一回。

なら当然、向こうの気持ちをどうにかして確かめたあとにしか、告白はできない。

でも、チャンスはある。

ううん、この同棲、チャンスしかない。

「――うん、最高のチャンスなんだ。だからこそ、攻めて攻めて攻めまくる！」

第三話　落ち着け！　まだチェックだ！　チェックメイトではない！

感情とは日々の積み重ねによって自覚できるようになるものだ。

こと恋愛に関しても、それは同じである。

事実、俺も真綾（まあや）をあの夏の日に一度、恋愛対象として意識した。だが、そこから一緒に過ごすようになって、それでようやく確信を得たのだから。

そして月曜日である本日の夕方、俺は自室にて段階的な作戦の開始を検討している。

昨日のカフェの時点では、決定したのは方針までで、詳細な内容は決定していない。

そこで一晩考えた結果、俺は一つの事実を再認識した。

結局、日常的なやり取りで相手を意識させるのが一番だ、と。

まぁ、付き合うということは、相手と同じ日常を過ごすということだからな。ある意味、自明の答えと言える。

「が、まずは荷解き（にほど）が先か。作戦開始（オペレーションスタート）は自分のことを全て終わらせた、そのあとだ」

休日は引っ越しや考え事で時間がなかった。

いや、根本的に最初から一日で全てを片付ける予定さえなかったと言うべきか。

「ひとまず、真綾からカッターナイフかハサミでも借りるか」

真綾から必要な物を借りるため一階に下りる。

リビングのドアを開けると、真綾はソファーでスマホを弄っていた。

私服……否、より詳細に言えば部屋着で！

「ん？　修一郎くん、どうかしたの？」

「いや……」

何回か彼女の私服は見たことがあったが、流石にここまでラフな恰好は初めてだ。

パステルピンクのカーディガンの下に、ホワイトのキャミソールを着ていて、下も白くてフェミニンなショートパンツをはいている。

そしてなにより、大きめなのに、ショートパンツであることを考慮しても裾が短いせいで、生地と発育良好な太ももの間から――、

「真綾、気を付けた方がいい、下着が見えている」

よし、上手く冷静な柘原修一郎を演じきれている。

真綾の下着が見えてしまったんだ。内心、緊張やら、嬉しさやら、勝手に下着を見てしまったことへの背徳感やらで、気が気ではないがな。

「え～、ウソだ～」

「本当だ」

「じゃあ、何色？」

「……白だな」

「えっち」

「はぁ、これからは俺もこの家に住まわせていただくからな。注意した方がいいだろう」

「もしかして、さぁ」

「なんだ？」

不意に、真綾はニマニマとイタズラっぽい笑みを浮かべる。

続いてショートパンツの裾を自分で摘まみ、生地と太ももの隙間を広げてみせた。

色白で瑞々しい太ももを、真綾は脚の付け根がチラ見えしそうなほど、自ら晒す。

「わたしのパンツに、ドキドキしちゃうから、とか？」

嗚呼、そうだ……ッッ、認めざるを得ない！

愛しき者の脚と下着に、心臓が早鐘を打たないわけがないだろう！

とは、口が裂け、舌を灼かれ、喉を微塵に切られても絶対に言えない。

「そんなことはない。もとよりこの家は真綾の家だ。本人が見られても気にしないと言うのなら、俺に口出しする権利はない」

「え～、つまらないな～」

「しかし、だ」

「なになに？」

「下着はともかく、その部屋着の方は――」

「――可愛い？」

「まぁ、似合っていると思うよ」

伝えると、真綾は嬉しそうにはにかんでくれた。

「よかったぁ、これ、修一郎くんと一緒に暮らすから、新しく買ったヤツなんだよね」

「そ、っ、そうか。あ、ありがとう？」

「ふふっ、どういたしまして」

この女性、こんなことをしてくるのに俺以外に意中の相手がいたら炎上するぞ。

俺の心が、灰になるまで。

「さて、そろそろ本題に入らせてもらおうか。カッターナイフかハサミを借りたいのだが」

「あっ、ちょっと待っていてね？」

真綾はソファーから立ち上がると、テレビボードの前にしゃがみ、引き出しの一つを開けた。

続いて目当ての物を探し当てると、立ち上がり俺に手渡してくれる。

「はい、これ」

「あぁ、ありがとう、助かったよ。これで取引は成立だ」

「修一郎くん、あのね」

「どうした？」

「カッコ付けているところ、申し訳ないんだけどさ」

「あぁ」

「一方的に物を借りることを取引とは言わないと思う」

「…………」

「――――」

「明日、コンビニでプリンを買ってこよう」

「わたしも一緒に行ってもいい？」

「必要な物があるなら買ってくるが？」

「物がほしいんじゃなくて、修一郎くんと一緒の時間がほしいだけ、なんだけどなぁ」

「わかった。しかし、今日のところは荷解きをある程度進めさせていただこう」

それをキチンと伝えると、俺は真綾から借りたカッターナイフを持ち、リビングから自分の部屋に戻ろうとした。

しかし、真綾は俺の私服の裾をチマっと摘まんできた。

振り返ると、いつぞやのように真綾は俺のことを上目遣いで見つめてくる。

「ふふっ、修一郎くん、去年から全然変わってないね」

「ん？　どういう意味だ？」

「わたしも手伝うよ、って、今から言うのは、あり？　なし？」

そして俺は真綾と共に俺の部屋へ。

いや、待て。

真綾が今、俺の部屋にいる？

しかも母さんも真尋さんもまだ全然、仕事から帰ってくる時間ではない！

クッ……、冷静になれ。動揺を鎮めろ。

ファーストキス程度なら、高校生でもすでに終わらせているヤツがいるだろうに。

「早速、始めようか？」

「あぁ、協力、感謝する」

「だってもう、お姉ちゃんだもん」

「――――」

「あれ？　修一郎くん？」

バカな⁉　その認識は疾すぎる！

落ち着け！　まだチェックだ！　チェックメイトではない！

実際、家族に限らず、個人と集団の最大の差異は助け合いの有無だ。互いに助け合うためにまずは自分から。そこで一番わかりやすい理由、立場を答えた。

よし、まだ抗える。

「とりあえず服から取り出すか」

「そうだね、一番必要な物だし」

二人で荷解きを開始する。なんだかこうしていると、新生活を始めるカップルのような気分になってきた。

いや、いくら恋人同士でも、一般的に自分の服は自分で取り出すものだろう。理解不能だ。これでなぜ付き合えていない？

「修一郎くん、私服少ないね？」

「そうか？」

ホームセンターで売っている三段重ねの収納ケース。

クローゼットに置いたそれに服を移していると、真綾が俺の隣に夏服の山を用意してくれた。

「習慣的に洗濯していれば、インナーもアウターも、季節ごとに五着あれば問題ない」

「ふふっ」

「？　どうした？」

「なんかね？　本格的にわたしと修一郎くんの新生活が始まるんだなぁ、って思ったら、嬉しくて」

「っ、ま、まぁ、確かに不思議な感じではあるな」

「それにね？」

「あぁ」

「お父さんの部屋とお義母さんの部屋って一階にあるから」

「なに？」

「だから実質、二階に上がったら二人暮らし、って感じもしない？」

「待て」

「どうかした？」

「斜向かいの部屋が母さんか、あるいは真尋さんの部屋では？」

「ゲーム部屋だよ、あの部屋。使わないままだともったいないから、ゲームとかマンガとか、そういうのだけ置いた部屋」

なんということだ。

地上の楽園は地上から三・五mにあったというのか。

他人が聞けばなにを言っているかわからないと思うが、自分でもよくわからない。

「個人的にはすごく恵まれた環境だが、真尋さん、娘に対して防犯意識が薄くないか？」

「実はわたしの部屋はこの度、施錠できるようになりました！」

「なるほど」

それなら安心か。

俺としても、真綾に怯えられるのは望ましくない。

「あとで合鍵、渡しておくね？」

「待て、真綾よ。それでは鍵を設置した意味がない」

全然、安心ではなかったようだ。

「えっ？　いらないの、合鍵？」

「は？」

「ん？」

「──ふむ」

「……う、うん」

「いや、もらえる物は一応もらっておこう」

「ふぅぅん、へ～え、修一郎くん、わたしの部屋の合鍵、ほしいんだぁ？」

当然だ。

ただ、使おうとしたらまた怖気づくと考えられ、実際に使うのが何年後になるかわからないだけで。

とはいえ、真綾には二番目の理由でも伝えておこう。

「万が一、鍵がかかっている状態で火災や地震が発生したら危険だ。有事の際、真っ先に状況を確認できるのは隣の部屋の俺のはずだろう」

「まぁ、少し心配しすぎな気もするけど……うんっ、その理由でも嬉しいし、そういうことにしておくね」

合鍵という偶然に助けられたとはいえ、予想以上にいい雰囲気を構築できた。

自分で完成させた状況ではないが——今、作戦を開始できるか？

いや！　できるか否かではない！　やるのだ！　利用できるモノは、全て利用して！

「とりあえず服は全部終わったし、次はそもそも開ける予定がない物をクローゼットの上に封印しようと思う」

「了解っ！」

幸い、腕を伸ばせばイスに乗らなくても荷物を載せることはできる。

無論、自分のことを自分でやるのは当たり前だ。

しかしその途中に、真綾が俺に対して、（わたしより背が高いんだなぁ）とか、（スポーツ苦手そうだけど、やっぱり力、あるんだなぁ）とか、そういう認識を覚えることがないわけではない！

「まずはこれだな」

「アルバムって書いて……アルバム!?　修一郎くんの!?」

「見たいのか？」

「見たい見たい！」

「どうしてもか？」

「どうしてもっ！」

「わかった」

俺はアルバムが入った段ボールを持ち上げると、先ほどから開けっぱなしだったクローゼットの前に立つ。

次に腕を伸ばし軽く爪先立ちをして、一つ目の古の記憶(アルバム)の封印を試みた。

「よし」

「よし、じゃないよ!? なんで結局封印しちゃうなら、見たいのか? って訊(き)いたの!?」

「逆だな。答えを知ったからこそ、一刻も早く封印すべきだと判断した」

「え～、見たかったなぁ」

少し真綾が拗(す)ねたような表情を見せた。

内心で俺は彼女の可愛(かわい)らしさに悶(もだ)えながらも、それを制して二つ目の古の記憶(アルバム)の封印に取りかかる。

「フッ、一例として、この俺がトマトを食べたくなくて駄々をこねて」

「うん」

「納豆を落として手で回収しようとして」

「はい」

「テーブルに頭をぶつけて牛乳を浴びて大泣きした写真がある」

「それでそれで？」

「その当時の俺の様子を想像してみてほしい」

「しました！」

「どうだ？　面白くもなんともないだろう？」

「えっ？　どこからどう考えても面白そうだから早く見せてほしい」

「なん……だと……？」

今の話を聞いて面白いと思うのか⁉

「それに、そういう愉快な写真ばかりじゃないよね？」

「いや、待て。そういう愉快な写真ばかりだ。ゆえに見る必要はない」

「うん、見られたくないからウソ吐いているのはバレバレだけど、そう言われるとますます見たくなるよね」

バカな……ッッ⁉

判断を誤ったというのか、この俺が！

常識的に考えて幼き日の俺が滑稽な姿を晒している写真など、誰も見たくないはずなのに……ッッ！

「フン、ならば等価交換だ」

「等価交換？」

「あぁ、そうだ」

真綾に興味を抱かれた事実は、もうどうしようもないのだろう。

ならば対処方法を即行で切り替えてみせる。

俺の心理的なデメリットを交渉事のコストと再定義して、転んでも、ただで起きるものか！

「幼き日の俺の写真を得たいなら、同等の対価が必要なはずだ。真綾にその対価が用意できるならば、少しは考えてもいいだろう」

「あぁ、うん、わたしの子どもの頃の写真だよね？　いいよ、決定！」

「ふぁ⁉」

「そのうち見せ合いっこしようね♪」

なにかがおかしい。

俺はまだ対価の詳細を告げていないのに……なぜわかった？

「……ところで修一郎くん」

「フッ、どうした？」

「さっきから爪先、震えているけど……」

「幻覚だ」

「ならツンツンしてもいいよね？」

「やめろ！　頼む、やめてくれ！　段ボールを落としたらどうする⁉」

「届かないの？」

「スペースが無駄になるから、一つ目の段ボールの上に載せようとしているだけだ」

「き、几帳面だ……」

「案ずるな、俺ならできる。俺は俺の身長の高さを信じている」

「修一郎くんの身長、別に普通だけど……イス、持ってくる？」

「問題ない。人間には意地を張り、身の丈が足りていなくても抗わなければならない時があるのだから」

「それはなんとなくわかるけど今じゃないよね⁉」

「真綾、俺にかまわず先に目的を果たすんだ」

「うん、ならテキトーに開けるね？」

言うと、真綾はしゃがみ込んで作業を再開してくれた。

が、しかし――、

「ふむふむ、エッチな本はないんだ」

「…………っ」

背中を丸めたせいで、真綾の臀部が覗けてしまったのは！

喩えるなら実の詰まった瑞々しい果物のように、女性らしい滑らかな曲線。

もうこれは背中が見えているというレベルではない。ここまでくると下着がギリギリ見えていなくても、見えてしまうより危険だった。

「ま、真綾に見られて困るような本などない」

「む〜、それは逆に不健全だと思う」

真綾のおしりは女性として魅力的だとは思う。

しかし、俺は先刻、冷静な表情の仮面を被って警告したばかりだ。

それなのにここまでそれが反映されていないとなると……クソッ、状況は想像を遥かに超えて逼迫しているということか！

「……あ」

「ん？」

魅了の呪いにかかりすぎてしまった結果。

俺は前方&上方不注意に加え、後方に身体を傾けすぎてしまったため、尻もちをついてしまった。

続いて、ウソ偽りなく刹那だけ遅れて響く衝撃音。

「だ、大丈夫⁉」

「あぁ……、少しばかりぼ〜っとしてしまった」

明らかに滑稽だが、段ボールが真綾に当たらなかっただけでよかった。

次からは自らの不始末で他人に危険が及ぶ可能性について、殊更に警戒を強めるべきだな。

「ううん、わたしの方こそゴメン……」

「なに？　今のは完璧に俺のミスだろ」

「あっ、えっと、ほら！　お姉ちゃんとしてもっと弟を見ておくべきだったな、って！」

思うところはやはりあるが、今の俺にはそれを嘆く権利さえない。

とにかく、改めてイスを持ってきて段ボールをしまってしまおう。

一瞬だけ俺はそう考えたが――、

「いや、どうせあとで見せ合いっこするからな。部屋の隅にでも置いておこう」

「そうだね」

二人でアルバムを回収する俺たち。

「あっ、このページ……」

「本当に今さらだからな。少しぐらいなら、もう見ても全然──」

恐らく、散った拍子に開かれてしまったページでも目にしたのだろう。

俺は背後で別のアルバムを回収してくれていた真綾に振り向くが──、

「バカな⁉　なぜ、よりにもよって……⁉」

「ち、違うの、修一郎くん！　たまたま！　本当にたまたま入浴中の写真のページが開いていて、その！　あっ、うぅ〜〜」

顔を真っ赤に染める真綾。

当然と言えば当然なのかもしれない。

自らのパンチラ程度ならともかく、確か幼稚園にも入る前頃の写真とはいえ、目の前にいる相手の全裸を見て、のぼせたように顔を赤らめてしまうのは。

「ひとまず、ミッションを進めるか」

「そ、そうだね」

作戦は失敗だ。

日常的なやり取りで相手に異性として意識してもらう。

その考え方自体に間違いはなかった。

嗚呼(ああ)、策を弄したあまり、柔軟性に欠けてさえなければ。

第四話　これで形勢は逆転したはずだ！

すっかり俺の愛読シリーズになった『恋愛に使うしかない認知心理学』には「他人になにかを望む時は、相手がそれをしてもいいと思える動機を用意すべき」と書いてあった。

そして今、恋愛の対象として意識してもらうより先に、やるべきことが俺にはある。

まずは気恥ずかしい雰囲気を作ってしまったことへのフォローだ。

「誠意など、表さなければ虚無となにも変わらない！」

というわけでディナーを作ることにした。

夕食という建前を用意して、まずは顔をあわせ、いつもの会話ができるまでに状況を回復させる。

ご機嫌取りと言ってしまえばそれまでだ。

だとしても、やはり、なにもしないよりは上等だろう。

「さて、現時刻は六時二八分。二人の仕事は七時に終わり、会社の最寄り駅までは約一〇分。そこから一五分で家の最寄り駅に着き、一五分程度で帰還予定」

慣れないことをするならいざ知らず——フッ、余裕だな。

世界よ、俺が何年、週四で孤独な夜の糧を作っていたと思っている？

「問題はない。よって、Operation：Cooking of Dark age syndrome――スタートだ」

まずは一口サイズのサーモンを量産して、これをいざ、開戦の号砲と見做す！　これで後戻りはできない！　そう、魚介類は鮮度が命だから！

さぁ、次だ！　地下深くより溢れ出るマグマのごとく沸いたお湯にほうれん草を浸して、取り出すまでの間にタマネギをスライスしていく。

涙は、気にしない。

ファーストフェイズを終了させれば必然、セカンドフェイズに移行する。

色が変わったタイミングでほうれん草を取り出し、ザルという名の牢獄へ。刑は無論、流水に晒すこと。フッ、ほうれん草が人間ならば、想像を絶する苦悶に慟哭は免れない。存在が存在たる所以、熱を奪っているのだから。

また、それとは別に、並行してフライパンを中火で熱した。エントロピーは増大を続け、今、この瞬間にも宇宙は終焉に向かい時流を止めない。

ほうれん草の水分を切り、そのタイミングでバターには天から熱した錬鉄に堕ちていただこうか。バターがなじむまでにほうれん草の根っ子を切り落とす。俺の技量を以ってすれば、コンマ七秒でそれは終わる。

続いて、予め用意しておいたマッシュルームは軸の断面を二㎜ほど切り落としたあと、軽く水で洗い、穢れを浄める。

その後、フライパンに料理酒を加えてタマネギを炒めた。嗚呼、そうだ、多分に漏れず、あめ色になるまで。

左手でそれをこなしながら、右手でアルミホイルをクシャクシャにする。ここまでくると終焉の時は近い。無論、宇宙ではなく料理の終焉だ。

マッシュルームをそれに載せて、一人分につき、オリーブオイルを大さじ一／二杯、小さじ一杯の漆黒の醤油を笠の裏側に垂らす。純白の岩塩を少々まぶしたあと、適当に千切ったとろけるチーズと、以前から愛用している自家製おろしニンニクを配置。

さぁ、戦力は整った！　作戦をファイナルフェイズに移行する！

炒めていたタマネギの方に薄力粉を加えてさらに炒める。

まだだ、まだ終わらせない。

一方、例のごとく並行して、マッシュルームをトースターに捧げ、しかし焼かずに放置させていただこう。今はまだ、その時ではないのだから。

と、その刹那、予定通りのタイミングで米が炊けたことを告げるソナタが鳴り響く。

次に即行で、タマネギから粉っぽさがなくなったら最初に使った鍋&お湯に、牛乳、水、コンソメ顆粒を捧げ、サーモン、ほうれん草、件のタマネギまで混沌に沈める。

命を奪ったのだ。赦せとは言わない。

ただ俺たちに感謝はさせてくれ。

元来、神道が由来の「いただきます」とはそういう意味だ！

続いて生卵をボウルに割り、光の速さを目指して溶き卵を創造。

そして、フライパンへ——。

シチューを煮込んでいる間に、融点を超越した黄金のように輝くオムレツを創ってみせる。

しかし、だ。いよいよその前に、投獄状態になっていた孤独なマッシュルームを焼くためにトースターを起動する。

システム、オールグリーン！

数十秒後、フワフワでトロトロなオムレツが完成。

今までなにかを堕としてきた俺だが、これだけは堕とすわけにいかない！　皿に載せたあと、冷蔵庫からキャベツを二パック、鮮やかな紅を放つミニトマト一二個、鬱蒼とした樹海のような小房にわけたブロッコリー八個を召喚する。

嗚呼、今度鳴り響いたのはマッシュルームが焼けたことを告げる報せだった。

コンガリ焼けたガーリックグリルを回収すると、それもオムレツの皿に載せた。

そしてしばらくシチューを煮込み、あとは二人が帰還すれば、計画は完遂される。

「そのように考えていた時期が、俺にもありました」

「残業だからね、プログラマーは大変だ」

お風呂を洗ってくれていた真綾がリビングに戻ってきて、そこで初めて「お父さんとお義母さん、帰ってくるの九時近くになるって」という報告を俺は受けた。

俺の方にも届いていたが、料理中、スマホは部屋に置きっぱなしだったからな……。

「ほとんど完成しているが真綾、一応味見をしてくれるか？」

「！　うんっ」

俺は小皿にシチューをよそうと、それを差し出した。

真綾はそっとシチューを口に運び、味を確かめ終えるとペロっと舌で唇を軽く舐める。

「美味(おい)しい！　すごく美味しい！」

「それはよかった」

「っ、い、意外と家庭的なんだね……」

「フッ、お褒めにあずかり光栄だ」

恐らく、真綾は料理が上手(うま)い弟だね、という意味で言ったのだろう。

しかし俺としては、今のやり取りは新婚夫婦の会話みたいだったのでセーフだ。

「って、なんでそのお皿で修一郎(しゅういちろう)くんも味見しているの⁉」

「愚問だな。洗い物は少ないに越したことはない」

「か、間接キスになっちゃうよ？」

「だからこそ先に真綾に味見を頼んだ」

「いやいやいや、わたしは修一郎くんとなら、普通に間接キスできるけど……、その……」

「どうした？」

「以前にも何回かしたけど……、修一郎くんの方はその時、すごく照れていたのに……」

「真綾が口を付けた方とは逆側から味見した。それに、それこそ何回か真綾にからかわれて間接キスしたからな。俺は日々、成長しているのだ」

完璧だ。

いくら理由を用意して、心の準備終了後に口を付けても、緊張するものは緊張する。

だが、一般的に弟は姉と間接キスした程度では動揺しない。

繰り返そう！　完璧だ！　完璧に想(おも)いを隠せているではないか！

「うぅ～～」

「どうした？　顔が赤いぞ？」

「なっ、なんでもない！」

おかしい！　好感度が下がっただと⁉　下心を隠せたのに、なぜ⁉

「コホン！　でもでも、間接キスは置いておいて、修一郎くん、料理、かなり上手なんだね。普通にスゴイと思う」

「これぐらい、必要になれば誰でも学ぶし、慌てずにレシピ通りに作れば失敗しない」

「え～、そんなことないよ～。毎朝、修一郎くんのお味噌汁(みそしる)が飲みたいぐらい♪」

「そう言われても、今どき、毎朝お味噌汁を作る家庭は少数派だと推測する。どのご家庭も朝は一刻を争うほど多忙だからな」

「……ねぇ、なんでそこでいったん冷静になるの？」

一瞬、真綾の瞳からハイライトが消えた。

ような気がした。

妙だな。毎日あなたの味噌汁が飲みたい、という言い回しは今の時代に適していない。

つまり、実情が伴っていない上に、使い古された言い回しだ。言われれば、大半の人は冗談と受け止めるような気もするが……。

「あっ、そうだ。オムレツにラップしちゃうね」

「あぁ、ありがとう」

時計を一瞥すると、今はもう八時だった。

「チッ、残業の長さが努力の証なんて、日本だけだ。空気を読む前に時計を読め」

「自分は大変なのに、他の人が定時に上がるのは許せない！　って人が多いらしいし」

真綾がスプーンやフォークを用意し始めて、俺の方は二人分の白米をよそう。

「フン、まぁ、いい、それよりも夕食だ。幼き頃は闇の中で膝を抱えていたが、今ではもう、孤独な食事はいつものことだ」

「そうそう！　それで都合がいいからって、友達を呼んで遅くまでゲームしたり――」

「は？　友達？」

「…………ぁ」

「ん？」

「……ゴメン」

「なぜ謝った⁉　まるで俺が可哀想な子みたいではないか！」

「だ、大丈夫だよ！」

「なにが大丈夫なのかはさておき、大丈夫と保証される時点で大丈夫ではない気がする」

「だって、さ？　これからは毎日、わたしと夕食、一緒に食べるでしょ？」

同級生だとしても、これが年上の余裕、というヤツなのだろうか？

とはいえ、真綾自身も言っていて恥ずかしいのか、照れ笑いを浮かべているが。

「そ、そうだな。では、早速今夜からお願いしようか」

その時、話しながらも進めていた準備が終わった。

真綾に先に座ってもらったあと、俺はその対面の席に着く。

「えっと……いただきます」

「どうぞ、めしあがれ」

真綾がオムレツを口に運んで、反応を確認してから、俺も食べ始める。

別に不味い物を作ったつもりはサラサラないが、それでも口にあってくれたようだ。

「うん、こっちも美味しい！」

「そっか、そう言ってもらえると、作ったかいがある。素直に嬉しいよ」

「〜〜〜っっ、お姉ちゃん、そういう不意打ちは卑怯だと思うな！」

な、なぜ……？　今の返事は大切なことだから、着飾らずに言ったのに……。

「そのリアクションは理解できないが、少なくとも味には問題ない、ということか」

「ふふっ、そっちは完璧に大丈夫だから安心して？」

「ならば、Operation：Cooking of Dark age syndrome はこれで終了だな」

「ダーク・エイジ・シンドローム？」

「意味が理解できなくても恥じることはない」

「すごく真っ当な意見だけどわたし、もう理解できるんだよね。中二病のことでしょ？」

「……これ、理解できると逆に恥ずかしくないか？」

「修一郎くん本人がそれを言うの⁉」

「人は大抵、自分が一番気付きたくないことほど、気軽に他人に警告してしまうものだ」

「けど、修一郎くんにしては独り言が聞こえてこなかったよね」

「もしかして、真綾は俺のことをそういうふうに認識していたのか？」

「うん」

「なん……だと……？」

「逆に訊くけど、今までの自分を思い返して、独り言が多かったなぁ、って思わない？」

数秒だけ振り返ってみたが、答えなど、最初から出ているようなモノだった。

「それこそ友達がいなかったからな。話す相手を願うなら、自分と話すしかないだろう」

「平和な食卓に悲しい過去をぶち込むのはやめようよ⁉」

そう言われても、事実なのだからどうしようもない。

「それで、どうしてふざけなかったの？」

「フッ、らしくない質問だな」

「えっ？　そうかな？」

「考えてみろ。必然、見えてくる答えは一つしかないのだから」

「それって……」

「火と包丁を使う。ゆえに頭の中ではともかく、身振り手振りでふざけないのは当然だ」

「なんだろう……。間違いなく正しいんだけど、修一郎くんが言うと説得力がない……」

それはそれで正しい意見だから困る。

「話は少し変わるけど……本当に料理、上手だよね」

「生きる上で、あって困ることがないスキルだからな。磨いておいてデメリットはない」

「これなら、前にスマホでも言ったけど、いつ誰と結婚しても大丈夫そうだね」

美味しそうにマッシュルームを頬張る真綾。すごく幸せそうに口元がにやけていた。

さて、そろそろこの類の発言に動揺するのも終わりにしよう。

反撃の時間だ。

「逆に訊かせてもらうが、真綾が結婚するとしたら、どんな相手が理想だ？」

「う〜ん、それこそ、やっぱり料理が上手い男性はいい感じだよね！」

「となると、あくまでも一例として俺の場合なら、今のところ除外ではないが劣勢か」

「うんうん、そうそ……え？　劣勢？」

「劣勢」

「なんで⁉」

「自明だな。俺は高校生男子にしては上手、というレベルの技量しかない」

「……質問してもいい？」

「どうした？」

「結婚したい人に、スポーツが上手い人が理想、って言われたら？」

「最低限、スポーツ選手にならなくてはならない、と、考える」

「絵が描ける人って言われたら？」

「イラストレーター業一本で複数人の家族を養えるレベルが妥当だろう」

「かなり理想が高すぎない⁉」

「確かに高い理想を他人に求めたら、それはただの傲慢だ！　だが自分に求めるならば、それは傲慢ではなく誇りになる！」

「あ～、う～ん、修一郎くんって基本的にバカ真面目で、根っこの部分はピュアだよね」

「いや、せめて表現は変えてくれ。バカ真面目ではなくストイックとか、ピュアではなく天衣無縫とか」

「えっ⁉　訂正ポイントはそこでいいの⁉」

「どんな言い方を選ぶかはともかく、凝り性で、なにかに一度影響されるとそればかりに支配されるのは事実だからな」

「なら、なんでそんなに固いっていうか……肩の力を抜けないような考え方なの？」

「周囲に俺以上にスポーツが得意な人なり、頭が良い人なり、なにかに優れた他人がいれば、その分野において俺は必要ないだろう？」

「むぅ～～」

なぜか真綾が不機嫌になった。ともすれば怒っている感じさえ伝わってくる。

「クッ、あれだ。それこそ結婚を想定した時、相手の周囲に敵がいるとは限らない。しかし、常にその可能性を考慮して自らの魅力、価値を高めておくことは必要な行いだ」

「もぉ！　お姉ちゃんが言いたいことはそういうことじゃないの！」

「あっ、はい……、なんでしょうか？」

弱すぎるぞ俺！

真綾のお姉ちゃんポジションが板についてきたということか？

「修一郎くんより頭のいい人も、運動ができる人も、それは、もちろんいるけどさ？」

「否定はしない。いや、できないと言うべきか」

特にスポーツなんて、今後の人生の全てを費やしても人並みにできる気がしない。

そう考えて返事したが、それを聞くと不意に真綾は立ちあがり、俺の背後に回り込む。

「これからもわたしの隣にいてほしい世界で一番、修一郎くんらしい人は、修一郎くん一人しかいないんだよ？」

「〜〜〜ッッ、ま、真綾？」

「だから、キミはキミのままでいいの！」

「……なぜ後ろから抱きしめる？」

「いくらわたしでも、今、顔を見られるのは恥ずかしいし」

「そういう意味ではない。そもそも、なぜ抱きしめようと思った？」

「今こそお姉ちゃんスキンシップをする絶好のチャンスだと思いました！」

ぎゅううう、と、真綾は全力で背後から抱き着くのをやめない。

さらには子ネコがじゃれ合うように上半身全部を使ってスリスリしてきた。

「流石にくっつきすぎじゃないか？」

「お姉ちゃんと弟だからへーき、へーき！」

「食事中に行儀が悪いぞ」

「そうだけど、修一郎くんには適宜、ハグしてあげる必要があるならハグしてあげるべきだと判断しました！」

服の上からでも、真綾の身体は女の子特有のやわらかさを主張している。

この世界のモノとは思えないほど、女の子の身体はフカフカで、ふわふわしていた。

クッ……この瞬間、顔を見られたくないのは真綾だけではない！　俺も同様だ！

認めざるを得ないな！

やわらかな弾力があり、押し付けている背中にあわせて優しく形が変わり、大きく膨らんだ真綾の胸とは、ずっとこうしていたいとさえ思えてしまう！

年相応の興味を否定することは不可能だ！

「真綾、そろそろ」

「えぇ～、修一郎くん、今まで誰にも甘えてこられなかったんでしょ？　ほれほれ、お姉ちゃんで他人に甘えることを覚えよう？」

背中全体で、ポカポカしている真綾の体温を感じる。

髪からはバニラのような匂いが、肌からはミルクのような香りも伝わってきた。

ただ抱きしめられているだけで、繭の中にいるような安らぎを覚え、蕩けそうなほど気持ちよかった。

「あれだな」

自分でも自分を誤魔化しようがない。意識して、ドキドキしている、と。

「あれ？」

しかし、このままではダメだ！　この扱いに、俺は全力で抗う！

「これだと姉弟じゃなくて、どちらかと言えば新婚夫婦みたいだな」

「〰〰〰ッッ」

フッ、ハハハハハ！　これで形勢は逆転したはずだ！

言われてみれば、実にそのとおりだろう？

このようなスキンシップ、たとえ義理でも姉弟でするものか！

さぁ、思い返して意識しろ！　自分が俺に、なにをしたのかを！

「んっ」

「？」

おかしい。なにか、間違えてしまったというのか？

羞恥心のあまり、なにも言葉を紡げなくなるのは理解できる。

だが、なぜ無言のまま、ぎゅ、っと、俺を再度、抱擁したのだ？

「あの……真綾？」

「なぁに？」

「これだと姉弟じゃなくて、どちらかと言えば新婚夫婦みたいだな、俺はそう言った」

「！　うんうん！」

「そこから導き出せる答えは一つしかないはずだ」

「わたしもそう思う！」

「安心した、真綾もか」

「当然っ！」

「そこで、一般的にそう指摘されれば、思春期の男女は互いに恥ずかしくなって、離れてしまうものだと推測するが――」

「ハァ……、修一郎くん、そういうところだよ……」

「なにがだ⁉」

本当になにが原因で真綾からの評価を落としたのか、見当さえ付かない。

「お姉ちゃんで他人に甘えることを覚えよう、とは言ったけどね？　お姉ちゃんにも心があるわけですよ」

「あっ、はい」

　いまだに真綾は俺のことを後ろから抱きしめ続ける。翻(ひるがえ)り、俺は真綾に抱きしめてもらえるなら弟でも悪くない、そういう思考を己(おの)がプライドで内心、殲滅(せんめつ)し続けていた。

　そして、流石にそろそろ――、

　――ガチャ、と、イヤな音がした。

「ただいま～、ゴメンね！　修一郎、真綾ちゃん！　なかなか抜け出せなくて！」

「遅くなってゴメンね、二人とも。まだ一緒に暮らし始めたばかり、って……おや？」

「「………」」

　実に危ないところだったな。玄関の鍵の音がリビングまで聞こえてくれたおかげで、俺も真綾も、座り直すことができて救われたよ。

　今後、玄関の鍵の音を福音とさえ呼びたいぐらいだ。

「ど、どうしたのー、お父さん？」

「二人とも、汗、すごくない？」

「あれです、真尋(まひろ)さん。いささかシチューを温め過ぎてしまったもので」

「とりあえず、二人とも着替えてきたら？」

「ええ、シチューは俺が温め直しておきますから」

「あっ、うん」「うん。……うん？」

しょぼーん、というアスキーアートのような表情をする二人。

一方、俺と真綾は少し困惑状態の二人を置いてキッチンに行くと──、

「ねぇ、ねぇ」

「どうした？」

「次からはお父さんたちに怪しまれないように、上手く姉弟でスキンシップしないとね」

「なっ、今、バレそうになったばかりではないか……」

「だから、バレないように、ね？」

頼む、やめてくれ。

尊すぎて今はまだ甘えちゃいけないのに、本当に甘えそうになってしまう。

○●○●

お風呂上がり、身体の火照りを冷ますため、わたし、佐藤真綾はパジャマさえ着ずに、

下着姿でベッドに寝転がっていた。

「いやいやいや！　ダメ！　反則すぎる！」

わたしに美味しい、って言われてあんなに微笑むなんて！　自覚なかったと思うけど！

もぉ～っ！　初めて人に懐くのに少し怯えているワンちゃんじゃないんだからさぁ！

「わたしの義理の弟が可愛すぎて本当は今日にでも一緒に寝たい」

正直、そのようにSNSに書き込んで、誰かに自慢したかった。

子どもの頃のお風呂の写真をわたしに見られただけで、ホントに動揺していたよね。

まぁ、わたしだっていくらなんでも、子どもの頃のお風呂の写真なんて出てきて見られたら、すごく恥ずかしいと思うけど――見栄っ張りすぎるよ。

「わたしには、もっと、カッコ悪いところを見せてもいいと思うのに」

修一郎くんの代わりに枕をむぎゅっ！　と抱きしめる。

甘えるのが下手というか、人に抱えていることを伝えるのが苦手というか。

今のわたしたちの関係なら、付き合ってなくても、さぁ？

ノリで、挨拶するみたいに、ハグとかできると思うのに……。

「なんとかして修一郎くん自身の気持ちを聞いて、確かめたいのに、道のりは険しい」

と、その時、部屋のドアを誰かにノックされる。

わたしは自分が今、下着姿ということを思い出し、一応シーツで身体を隠した。

「真綾？　起きているよな？」

「なに？　入ってもいいよ？」

「いや、その必要はない」

は？　それだとわたし、修一郎くんとおやすみ前のおしゃべりができないと思う。

「お風呂、上がったから歯磨きに使っても問題ない」

「は～い」

「それじゃあ、真綾、おやすみなさい」

「～～～っ、もぉ、おやすみなさい、修一郎くん」

かなり捻(ひね)くれているのに挨拶だけはキチンとするの、すごく反則だと思う。

でもダメ！

姉より攻めに優れた弟がいてはならない！

意図的に脚の付け根まで見せても！

気付いていないふりをして、ほんの少しだけおしりを見せても！

ドキドキよりも安心感を与えたくて後ろからハグしても！

「――効果がないなら、もっともっと、アタックしないとね♪」

第五話　我ながら完璧すぎる機転だ！

自分で言うのもアレだが、俺、柘原修一郎の朝は早い。本来、俺は毎朝五時には起床する。

先日は引っ越しで疲弊したため真綾に起こされたが、本来、俺は毎朝五時には起床する。

「作戦開始だ」

まずはカーテンを開き天候を確認。本日は晴天――つまり洗濯日和だ。

しかもこの家の二階にバルコニーが存在していることも、すでに調べがついている。

家が留守でも多少は問題ないだろう。

とかく、このタイミングで再度カーテンを閉めてワイシャツに着替える。

さて、次に一階に下りるが、俺は毎朝、洗濯機を稼働させながら朝食を作っている。

今日も洗濯候補対象の汚れや染みを確認しながら、順次、洗濯機にそれらを投下してい
く予定だった。

が……ッッ、ここで問題が発生した！

「んっ？　…………ウファ⁉」

滑稽なほどに裏返った声が出てしまったが、もう、それを気にしている状況ではない

……ッッ！

それをつかみ、視界に入れて正しく認識した刹那、それと同時に手を離したが――、

「真綾の、下着……!?」

しかも、これはつい昨日、真綾がはいていたヤツだ……ッッ！

そして当然と言えば当然だが、ブラジャーの方まで！　サイズを確認するわけにはいかないが、対象の大きさは目測で、広げた俺の片手より数cm大きいぐらいか!?

「チッ……、厄介だな」

真綾の生活感が溢れていて、個人的には嬉しい誤算だ。

しかし、流石にこの危機管理能力のなさは致命的すぎる。

せめて、別々の洗濯籠に入れておくべきではなかろうか……？

「なにが厄介なの？」

「一緒に暮らすことになり、徐々に問題点が浮上してきた」

「うんうん」

「これは俺の浅慮が招いた事態だが、自らの所有物は自らで清潔にした方がいいだろう」

「わたしは別にかまわないけど」

「そうか、感謝する」

「わたしの下着を修一郎くんが洗っても」

「違う、そちらの意味は求めていない」

「えぇ～」

「そして、真綾よ」

「う～ん？」

「……いつからそこにいた？」

振り向くと、洗面所の入口にはパジャマ姿の真綾が立っていた。

少し寝癖がクルクルしていて、どこか表情もぽわぽわしている。

あくびを押さえる萌え袖は動きが緩慢でフワフワしており、瞳はトロンとしていて実に眠たそうだ。いつも俺の瞳には眩しすぎる太陽のような笑みはこの瞬間、ほにゃっとした微笑みと交代していて、温厚で人懐っこい小動物のように可愛らしい。

「……ほわぁ、おはよう、修一郎くん」

「あぁ、おはよう、真綾」

「……むぅ、五時起き？」

「悪い、起こしてしまったか？」

「違う、わたしもいつも五時起き。眠いけど……」

「そうみたいだな」

「あっ、でも」

「どうした？」

「そりゃ〜、わたしの下着をえっちなことに使うなら、眠っていてもらいたいよね？」

「……なっ⁉　ち、っ、違うぞ⁉　見ていたならばわかるはずだ！　俺はただ、自らのルーティーンに従い、今日という限られた二四時間を計画的に進めようとして……ッッ！」

「使わないの、わたしの下着？」

「当たり前だ！　そんな罪を犯して大切な人に嫌われてなるものか！」

「ほぇ⁉」

「からかっているのは理解できるが、そういうことを軽率に言わない方がいいからな」

好きな人ではなく大切な人。

そう言えば、親友にも、姉にも、意中の相手にも受け取ることができる。

フッ、ハハハハハ！　我ながら完璧すぎる機転だ！

「──んっ、修一郎くん」

「あぁ」

「ギルティです」

「なぜだ⁉」

　完璧だったはずなのに！

「無自覚にそういうことを言っちゃうのは、とってもギルティな男の子だと思う」

「バカな……、至極真面目な返事だったはずなのに……っ」

　しかし実際、真綾は顔を赤らめて、瞳を潤ませ少しばかり恥ずかしそうにうつむき気味だ。

　彼女の言葉を額面通りに受け取るならば――俺はなにか、相手にとってよほど度し難く、罪深いことをしてしまった。こういうことだろう。

「修一郎くんが真剣な顔で考え事をしている」

「あぁ」

「そういう時の修一郎くんってさ？」

「うむ」

「真剣に考えれば考えるほど、答えが明後日の方向に行くよね」

「いや待て、その理屈はおかしい」

「断言するけど絶対におかしくないと思う」

「正気か？」

「あとそれ、本来わたしが訊くべき言葉だと思うの」

それもそうだな。俺のような人間が多数派とは考えづらい。

そこで真綾は、しょうがないなぁ、そういう感じで息を吐き、一拍置く。

「ほらっ！　わたしが作業中断しちゃったけどさ？　洗濯機回して、歯磨きでもしよう？」

「フンッ、言われずともわかっている」

結果、俺たちは歯磨きを開始した。

並んだ俺と真綾を映す鏡。それを見ていると、まるで満ち潮のように、緩やかに、だけど確かに、こんなに満ち足りた光景でも日常なんだ、という深い感慨を覚える。

「ん！　んっ！」

真綾に軽く、体当たりのように叩かれて、俺は並んで歯を磨く彼女に視線をやった。

すると、彼女は髪を手で押さえ、吐き出し、うがいをすると——、

「なんかすごく、さ？　こうしていると、一緒に暮らしている、って感じがするよね？」

今だけは、そういうことを言わないでほしかった。

鏡に映る自分が否定できないほどに赤面している。

◇◆◇◆

放課後の教室にて、俺がスマホで――、

「今日、カラオケ行かな～い？　――って、男子が誘いたがってた」

「杏(あんず)？　どうかした？」

「ま～あ～や～」

まあや：わたしの方が先に帰るね？
修一郎：了解、合流地点はいつもの場所で。

――というやり取りを終わらせてしまう直前、クラスメイトの女子の声が聞こえてきた。

その声に視線を誘われれば、真綾の席に数人の男女が集まっているのが見える。

真綾以外に男子が五人、女子は四人、各々(おのおの)、スクールカーストの上位に君臨しているような同級生だった。

「あっ、ゴメンね？　今日、歯医者の予定があって……」

ないだろ。

「マジか～、せっかく顧問不在で部活休みになったのに！」

「だよな～、やっぱ遊ぶなら人多い方がいいし」

なるほど、監督者の不在か……。

「残念だったッスね！　真綾はメタルスライムばりにパーティーに加えられないんッス！」

「まぁ、あたしたちはいつでも真綾と遊べるけどね」

「ふふっ、まぁ、また今度部活が休みになったら、みんなで、カラオケに行こうね？」

言うと、真綾はカバンを持って教室を出た。

しかし廊下を出て、ドアの死角に消える直前、真綾は一度だけ踵を返す。

そして楽しそうに微笑みながら手を振って、それで今度こそ帰ってしまった。

「佐藤、今、誰に笑ったんだろうな」

「普通に考えて全員にッスよ」

「もしかして安達、真綾が気になるの？」

「そんなんじゃないけど可愛いじゃん。まだ好きじゃないけど、もしも告白されたらメチャクチャ嬉しい、的な？」

「ドキドキするのはわかるッスけど、明らかに友達感覚じゃないッスか」

「とりあえず萌花(もえか)、駅前にはもう行かない？　それと、男子はカッコイイ他校の友達を召喚すると、あたしからラーメン屋のクーポンをもらえます！」

「杏、イケメンなら誰でもいいんッスか……？」

「そんなんじゃないけど――早くドラマチックな恋に落ちたいなぁ、って」

自宅の最寄り駅のロータリー付近で、俺は真綾を発見する。

そして真綾は先ほどのように、楽しそうに微笑みながら手を振って小走りで駆け寄ってきた。

「修一郎くんに手を振ったの、気付いていた？」

「気付いていた」

「ドキドキした？」

「万一バレた時のことを想定しながらヒヤヒヤしたな」

そんな雑談をすませると、俺たちは二人並んで帰り始める。

放課後に合流して二人で話す、という経験は何回もあるが、今の状況は新鮮な感じだ。

同じ家に帰るなんて展開は流石(さすが)になかったからな。

「そういえば、歯医者に行かなくてもいいのか？」

「どちらにせよ、予約はしてなかったからセーフ！」

「それはもとからアウトでしょ？　この光景を見られたらアウトだろ」

「は、反論できない……」

「そ、れ、で！　修一郎くん、プリン買ってくれるんだよね？」

「あぁ、少しコンビニに寄ろうか」

「おっけぃ！」

◇◆◇◆

プリンは冷やした方が美味(おい)しい。ぬるいプリンは食べたくない。

ということで意見が合致して、しばらく暇な時間を過ごすことになった。

とはいえ、だからと言って漠然と時の流れに身を任せるのはいただけない。

「宿題ってさぁ、なんであるんだろうね？」

「まだ宿題に自分なりの必要性を見出せない生徒に、強制的にそれをさせるためだ」

そこで協議の結果、真綾の部屋のローテーブルで地理の宿題をすることになった。

そして、私服に着替えた真綾が爪先で軽く二回、同じく着替えた俺のふくらはぎを突いてくる。

「自分にとっての必要性を見付けられたら？」

「強制的にやらされる宿題に、多少は諦めが付く」

ここで再度、真綾が爪先で軽く二回、俺のふくらはぎを突いてきた。

「それって、宿題とかホントにいらない、って言ってる子ほど、宿題が必要ってこと？」

「例に漏れず俺も宿題を煩わしいと認識しているが、残念ながらそのとおりだ」

「そんな～」

「宿題には、問題の難易度以上に重要なことがあると俺は考えている」

「ズバリ、それは？」

「プレゼントだろうが厄介事だろうが関係ない。真に重要なのは、いずれ大人になった時、与えられたモノに、自分なりに利用してやるという発想ができるようになることだ」

ここで三度、真綾が爪先で軽く二回、俺のふくらはぎを突いてきた。

「ねぇねぇ」

「真綾、宿題に飽きたな？」

「だって〜、目の前に修一郎くんがいるのに、いつも一人でできていた宿題を、わざわざ二人でやるのもなぁ、って」

「計画の目的とは正反対の主張だな。本来なら早く終わるはずが……」

「ゴメンね？　今更だけど、友達が集まって宿題なんて無理だと思う……」

「――――」

よし！　関係は一時的にだが前に進んだ！

このペースを維持するために、友達が集まって宿題なんて無理、という事実から会話を適宜、仕掛けていく！

「言われてみればそのとおりか。せっかく友達が目の前にいるのに、わざわざ宿題に固執する意味もないかもしれない」

「えっ？　あっ、うん、わたしから言い出したことだけど、改めてゴメンね？」

「気にすることはない。実際に一理あるのだから」

「そ、そっか、えへへ、ありがとう」

「とはいえ、宿題をやらないわけにはいかない。競争でもするか？」

「う〜ん、それだけだとつまらない！」

「なら、なにが望みだ？」

「望み……先に宿題を終わらせた方は、相手になんでもお願いできる、とか？」

「――――ッツ」

バカな⁉　願ってもいない奇跡が、まさか向こうからやってくるとは⁉

なんでもということは、つまり、なんでもということか⁉

「あれぇ？　修一郎くん、顔、赤くなっているよ？　なにを想像しちゃったの？」

「――、いや、勘違いしないでいただこうか。どうも少し、身体が熱っぽい」

クッ、落ち着け、そんな上手い話が存在していいものか。必ずなにか裏があるはずだ。

たとえば……そうだ！

真綾が俺に、常識の範囲内の命令しか下さない、そう信頼し切っている可能性がある！

「えっ？　熱っぽいの？」

「大々的に生活環境が変わったことが一因だと推測している。とはいえ、バランスに優れた食事を取り、風呂で自律神経を整え、夜更かししなければ明日には治るはずだ」

「あっ、うん……」

それを曲解して、ここで焦るのは相手に頼りない印象を与えることと同義！

雑に言えば、がっつくのはみっともない。

大局的に考えろ。

まず一般的に、自由命令の権利があれば、誰であろうと目が眩んでしまうはずだ。

「話を戻すが、そうだな。命令の内容は現在、特に思い付かないが——」

「えっ？　思い付かないの？」

だがこの瞬間、俺の目の前にある選択肢は二つ。

たった一回の、刹那的な命令権と、将来的に真綾がお嫁さんになってくれる可能性だ。

愚問だな！　選ぶべきは間違いなく後者だ！

それに真綾なら、それこそ常識外れなことを言ってこないだろう。

よし、方針は定まった。ここは接戦を演出しつつ、一時的な勝利を真綾に譲る！　そういう権利と認識すれば、俺としても少しは勝ち取っておきたい」

「——どうしても多忙な日に、夕食や風呂掃除を代わってもらえる。そういう権利と認識

これで本気で挑む気はないが、挑まないわけでもない理由が完成した。

「ほぉおおぉう？　随分と味気ないお願いだねぇ〜？」

どうも不服そうだが、まぁ、いい。

「それで、どの科目で互いに挑み合う？」

「暗記科目に近い科目は避けたいよね。文字を書く速さを競うことになっちゃうし」

「ならば数学でどうだ？」

「おっけぃ！」

宿題の内容は大きく六つのカテゴリーに分かれており、各々（おのおの）、その中に同じ系統の問題が複数ある。

序盤の方は問題が多い代わりにイージーで、終盤に近付くにつれ、問題が減る代わりに難しくなるテンプレートな宿題だ。

俺は三つ目のカテゴリーの六問目を、真綾は二つ目のカテゴリーの最終問題を攻略中。

優勢だが油断は禁物だ。

普段、真綾はもう少し早く問題を解く。

極端な手抜きは見受けられないが、それでも相手の盤外戦術にも警戒しておこう。

「そういえば、なんで修一郎くんって、ウチに進学しようと思ったの？　頭いいのに。いつもテストで学年一〇位前後だし」

「高偏差値の高校に進学して、相対的に普通になったら、俺のこの言動は許されない」

「ええ～、そんな理由で～？」

「とはいえ、ウチの偏差値だって極端に低いわけではないだろう？」

「まぁ、五五だからね。高いわけじゃないけど、低いわけでもない。平均よりもちょっぴり上っていう、一番気軽に高校生活を満喫できる感じ。少しの自習で余裕を持てるぐらいの授業なら、残りの時間で遊べるし、そういうところは、わたしも好き」

「俺の方も、深夜まで勉強して一〇〇点を目指すなら、九〇点や八〇点で満足して、日付が変わる前に寝るような人間だ。テストよりも健康が大切。人生のリソースには限りがあるからな。テストは大切だが、それが全てではない。それに……あれだ」

「あれ？」

「――、フッ、真綾には話してもいいだろう！　傲慢にも身の程を弁えず、偏差値の高い学校に進学できても、そこで落ちぶれたら全てが終わる！　仮に塾や予備校に行く資金をあの母親が確保できるのならば！　俺の大局的な計画としては、是非とも大学に進学した時に、それを使わせてもらうつもりだ！」

……………流石に、うむ、真綾がポカンとしてしまった。

勢いで誤魔化そうとしたが、いくら真綾が相手でも、かなり滑ってしまったか……。

「修一郎くんって、さぁ、そういうところ、素直じゃないけど、優しいよね」

いや、どうもそうではなかったらしい。

「フン、優しいか否(いな)かはさておき、褒めてくれるのは光栄だ」

「わたしとしては、カッコつけない方が、もっとカッコイイと思うけど」

「……えっ？　どういう意味だ？」

「ヒミツ～♪」

なぜか真綾はご機嫌になった。

カッコつけない方がカッコイイ。

たまにそういう指摘をされるが……これに関して言えば、真綾の意図がわからない。

「あっ」

「んっ？」

ふいに、真綾が消しゴムを落とした。

それは脚に当たったと推測されて、どちらかと言えば俺の方に転がってくる。

「ご、ゴメンね？　修一郎くん」

「いや、この程度、本当に気にしなくていい」

消しゴムを拾うために、俺はローテーブルの下を覗(のぞ)いたが――そこで思い出した。

真綾が私服に着替えても、スカートをはいていたことを！

「あれ？　消しゴム、なかった？」

何食わぬ様子で訊かれたが、下着が見えていることに気付いていないのか⁉

「………………っ、あぁ、いや、見付けたが、身体が硬くて上手く取れないだけだ」

清楚で爽やかな水色をメインにして、上品でピュアな白をアクセントカラーにした下着。

気付いた様子はなく、何食わぬ顔で宿題をしているのだろうが、今のうちに……ッッ！

「えっと……、続けたら、反則？」

「まさか。譲れないモノがあるとはいえ、そこまで厳格な勝負をしていたつもりはない」

会話中の相手に自分の下着が見えていた。

当たり前だがわざわざ謝罪しても真綾も迷惑だろうし、察せられるわけにもいかない。

狼狽を誤魔化すためのウソだったが、いくら運動嫌いでも俺の身体はそこまで硬くない。

多少無理をしているような演技をしながら、対象を回収して真綾に返そう。

「はい」

「ありがと！」

純真な笑みを浮かべ真綾は俺に礼を告げるが、罪悪感が芽生えてくるな。

どうもウソ偽りなく、下着が見えていたことに気付いていない可能性が高いが——、

「——なに？　逆転されている、だと？」

「えっ？　反則じゃなかった、よね？　えっ？　あれ？　大丈夫？」

「いや……問題ない。それを許したのは俺だ」

引き続き問題に取り組み始めるが……不可解だな。

いくら俺がもたついたところで、逆転されない程度のリーチがあったはずなのに……。

「フッ、よく考えればちょうどいいハンデだ。やはり問題はなにもない」

「むっ、わたしにハンデなんて許したこと、後悔させてあげる！」

と、元気よく言ったそばから——、

「ひゃん！」

——真綾は今度、コップを倒してサイダーを服に、盛大に零した。

「だ、大丈夫か……？」

「うぇ、びしょびしょだ……。しかもベタベタ……、って、はわ？」

「…………っっ」

パンモロの次は透けブラだと!?

シャツが濡れて張り付き、生地が真綾の胸の形や大きさを強調してしまう。

「〜〜〜っ、あ、あのね……、修一郎くん？」

「……な、なんだ？」

「えっと……、コホン！　もちろん相手にもよるけど、あの……、その……、うん！　キミにならこれぐらい、わたしは見られてもいいんだけど、ね？」

「あ、あぁ、それで？」

「男の子なら女の子の身体に興味ある方が健全だけど、流石に少し、見すぎだよ？」

「………あっ、わ、悪い」

「ううん、気にしないで？　むしろ、不注意で見せちゃったのはこっちだもん」

確かに今の一連の流れは真綾の不注意が招いた展開だ。

だが、俺にはほんの数分前の前科があるし、視線を向け続けたのも事実。

これ以上、ぎこちない空気を広げないためにも、一度、休戦を提案すべきだろう。

「俺は一度出るから、真綾は着替えた方がいいな。バスタオルも用意しておく」

◇◆◇◆

一応自分で言ったとおりに、洗面所・兼・脱衣所にバスタオルを用意しておいた。

続いてキッチンタオルを濡らして、絞り、それを真綾の部屋に届けようとする。

「真綾、拭く物を持ってきた」

『あっ、もう着替え終わったから入っていいよ』

ならば遠慮なく入らせてもらうが、かなり早いな。

「改めて、さっきはゴメンね？　ノート、避難させておいたから」

「いや、気にしてなどいない。むしろ、俺の方が礼儀に欠けていた」

「うんっ、なら、お互い様ってことで、勝負再開だ！」

宣言どおり、俺と真綾の勝負は再開された。

たった今、俺が四つ目のカテゴリーに突入したのに対して、真綾は残りあと少しで五つ目のカテゴリーに突入する。

予め終盤の問題を確認しておいたが、すぐに真綾が解けるような難易度ではなかった。

下手に焦るよりも、一問ごとに堅実に差を縮め、最終問題で真綾に追いつく。

よし――、四つ目のカテゴリーも終わった。

「真綾、今、どこだ？」

「五の三。そっちは？」

「今、そこの一問目に取りかかった」

「えぇ〜、差が縮まっている……」

「フッ、この程度、造作もな……ん？」

「どうしたの？」

「いや、なんでもない」

引き続き俺は宿題──いや、真綾に挑み続ける。

だが、なぜノーブラなんだ⁉　挙句、また薄着なんてなにを考えている⁉

生地は薄く、とても柔軟で、そういうファッションなのだろうが、サイズも大きい。

クソ……ッッ、机に向かっているから必然なのは認める！　だが、だからこそ、首元の隙間から見えている無防備な膨らみを隠してくれ！

「手、止まっているけど大丈夫？」

「──なに？」

「さっきから問題じゃなくて、わたしのおっぱいばかり見ている」

「なっ……⁉」

「えっち」

「……ッッ、気付いていたのか？」

「当然気付くよ。でも、クスッ、イケナイんだ～。またお姉ちゃんの胸見ている～」

そういうことか……⁉

これは罠(わな)だ！　敗北＝姉をエロい目で見ていた、という証明だ！

誤解されてなるものか！　計算しながら真綾とも会話する！

「そうだな、否定する気はない。どう指摘すれば真綾が傷付かないかを考えていた」

「は？」

「いや、というより、こういうことを注意すべきか否かについても考えていた」

「よ、余裕そうだね？　問題の進捗的にも、男の子的にも」

「罪悪感がないわけではない。だが、見えていることをわざわざ指摘する必要もないパターンについても考慮せねば、いわゆる地雷を踏む可能性があるからな」

「へ、へぇ……？」

「しかし真綾が自覚していて、それでもかまわないと判断したなら、問題はないに等しい。あとは対決の方で勝てばいいだけだ」

「～～～っっ、計画変更！　やっぱりもう少しだけ本気でやる！」

「勝てたのか？　自分で言うのも実力不足を痛感させられるが――真綾のアグレッシブさ

に振り回されても、動揺を抑え込んで！」

「あぁ、うん、確かにね？　わたしが負けたのは事実だけど……そんな、精神的に疲れてマウント取られちゃうのが、自分のお家芸みたいに言わなくても……」

「だが勝利には変わりない。これで俺は真綾に命令を下せるというわけだ」

「うんうん、そうだよね」

やはり緊張感が足りていないな。

別に俺も悪人というわけではない。常識の範囲内の命令を下すつもりだったが……やはり、これは先ほどの一例が当たっていそうだな。

「でね、修一郎くん？」

イタズラっぽく笑って、俺の名前をかまってほしそうに真綾は呼ぶ。

なんだ……？　言語化できないこの焦りは？

「わたしになんでもお願いしていいけど、なにをすればいいのかな？」

「正直、なぜか乗り気のようにも見えるが？」

「あっ、でも、当たり前だけど、わたしにお願い事できるのは一回だからね？」

「フッ、その一回で、一〇〇回俺の命令に従え、そう命令することも可能だろう？」

「うん、それでもいいよ？」

「……怪しいぐらいに素直だな」

「そしてこれも当たり前だけど――その内容に応じて、わたしの修一郎くんへの気持ちも変わるからね？」

「――――っ!?」

「そ～れ～と、焦らしてもいいけど、わたしがなにを思うかはヒミツね？」

それは真綾の言うとおり、当たり前のことだ。俺だって気付いていないわけではない。

だが、遊びの延長線上のノリで軽視していたことも、また事実。

やられた……ッッ！　遊びの一環だろうと、イヤなモノはイヤなのが人間だ！

戒めなければならない！　俺は遊びだから全てを許せと言う人間に堕ちる気はない！

「真綾」

「はい、修一郎くん♡」

「俺たちの現状を鑑みるに、安易に友人を家に招くわけにはいかない」

「えっ？　まぁ、そうなるかな？」

「しかしいずれ、どうしても知り合いを家に入れなければならない、そういう時も訪れるだろう。いつまでも危険が訪れないわけがない」

「ええ……っと、つまり？」

「以上の理由で、俺は真綾に命令をする」

「なるほど、先に理由を言うんだ……」

意地の悪い命令をするわけにはいかない。

だが、無意味な質問をするわけにもいかない。

俺が意図したわけでもない戦果だが、利用できるモノは全て利用させてもらう。

その上で、俺の答えは——、

「——恋人の有無を答えよ」

「…………ふぇ？」

と、真綾がそう声を零したあと、その場に残ったのは静寂だった。

呆けてしまいリアクションが遅いが、呆れて言葉も出ない、という感じではない。

果たして、俺に訊かれたことを頭の中で繰り返しているのだろうか？

今の真綾はどこか、穏やかになにかに想いを巡らせている感じがした。

そして——、

「ぷっ、ふふ、あはは……、くふ、そっかぁ、そういう質問かぁ」

「なにがおかしい!?」

「修一郎くんって、そういうところで初心だよねぇ、って」

「クッ、……フンッ、初心のなにが悪い？　言い換えれば、己が努力次第で、無限の道が拓けるということだぞ？」

「ゴメンゴメン、拗ねないでよ」

言うと、真綾はローテーブルに身を乗り出して、俺の頭を優しく撫でる。

なんだ、これは？　無難、あるいは堅実な一手を打てたと認識していたのだが……。

「それで、えっと、ね？　修一郎くんの立場だったらどうかな？」

真綾は俺の頭を撫でることをやめると、質問に質問で返した。

「仮にカノジョがいたら、わたしとこんなに仲良くできないよね？」

「自明だな」

「つまり、そういうこと」

ふと、真綾は立ち上がると、テーブルを迂回して俺の隣に腰を下ろした。

きっとこうして、寄りかかるように俺に身を預け、互いの手と手を繋ぐために。

「わたしにはカレシなんていない。なんなら、修一郎くんこそが一番、わたしと仲のいい男の子だからね？」

「そ、っ、そうか……。ありがたい限りだ」

「けど、クラスのみんなにはナイショだけど♪」

「当然だ。俺もクラスの男子に恨まれたくはない」

「ねぇ」

「どうした？」

「そろそろ、プリン、食べようか？」

「フッ、母さんに拗ねられても困る。そろそろ頃合いということでいいだろう」

○●○●

修一郎くんと並んでプリンを食べながら、ふと思い、わたしはあることを訊いた。

「一応訊くけど、修一郎くんの方こそ、カノジョさんなんて、いないよね？」

わたしの部屋で、わたしと並んで、わたしと寄り道して買ったプリンを食べている。

こんなにじゃれ合っているんだから、修一郎くんに恋人なんていないと思う。

けれど一応、訊いてみる。

「いない」

「よかった。いたら、わたしが一番仲良しじゃなくなっちゃうし」

返事はあったけど、目立ったリアクションはなかった。

基本的に、わたしが好きになった男の子は、自分のことならかなり強く断言できる。

まぁ、他人のことになるといろいろと考え過ぎちゃう……怖がり屋さんだけど。

「夕日が綺麗だね～」

「そうだな。もう少しで、また夏だ」

完食したプリンの容器を、先に食べ終わっていた修一郎くんの方の容器の隣に置く。

ここから始まったのはとても緩やかで、静かで、互いになにも喋らないのに居心地のいい時間だった。

無言が続いても、苦にならない。

そういう人と巡り合えたのは、とても幸せなことだと思う。

彼が初恋の相手だから、なおさらに。

それにさっきも、わたしのカレシの有無を訊かれて……嬉しかった。

今さらそれを訊くんだって笑ったけど……うん、なんて言うのかなぁ？

もしも付き合えることが約束されているのなら、その前に、こういう甘酸っぱいやり取りをしておくことも、けっこう、好きかも。

でも、不安なこともある。

わたしが勇気を持ってアタックしていることには、ホントは気付いていると思う。

でも、わたしの意図を察した上で、それを拒まれている感じがする。

むしろアピール自体に気付かない鈍感くんの方が、まだ進展があったかもしれない。

わたしの気持ちを察していて、それでもなにか理由があって拒んでいるなら――、

「なおのこと、頑張らないとね」

「なんの話だ？」

「ヒミツ～」

繋いだ手をギュッと握ったら、ギュッと握り返してくれた。

けど、それで恥ずかしくなったのか、修一郎くんは立ち上がってしまう。

「ゆ、っ、夕食の準備に取りかかる」

「手伝おうか？」

「いや、一人でできる。真綾は、その……明日、作ってほしい」

「おっけぃ！　じゃ、洗濯物、取りこんでおくね？」

「ありがとう、助かる」

修一郎くんが部屋を出て数秒後、階段を下りる足音を確認し終えると――、

「やっ、ばぁ～～～、心臓、バクバクしている」

そりゃそうだよね。

二人きりの家で、あんなに男の子とベッタリだったわけだし。
そう、あんなにベッタリだったのにぃ……。ぐぬぬ……。
「確か来週、お父さんもお義母さんも、出張で東京に行くんだよね……」
スマホを弄り、作戦に協力してくれそうな他校の友達を探す。
今だって、パンツを見せても、透けブラしても、ノーブラになっても、ダメだった。
自分でも自分を、かなりはしたなくて、エッチな女の子だと思う。
どんなに純粋な理由でも結局、エッチなことで男の子の気を引こうとしてるんだし。
「――初恋で、こんな気持ち初めてで、やり方なんてわからないよ」
でも、必死なんだもん……。
修一郎くんがほしいんだもん……。
他の男子の告白なんて一つもいらないのに、修一郎くんには振り向いてもらえない。
このままじゃ、姉という最強の切り札が、使うたびにどんどん弱くなっちゃう。
そういう焦りが、徐々に積もってきた。
姉という立場を利用したイチャイチャ攻撃で、動揺も緊張もさせられている気はする。
だけど、どこからどう見ても、決定打には全然なってくれそうにない。
せっかくわたしのことを意識してもらえる方法を見付けたのに！

お姉ちゃん攻撃という技自体には、問題はないと思う。

問題なのは、修一郎くんの心の防御を突破する攻撃力の低さだ！

「よし！　手を打たれる前に、手を打たないと！」

第六話　クッ、殺せ

母さんも真尋さんも出張で東京に行った。

システムの導入でバグが発生しなかったら、二人に限れば一泊二日とのことだ。

一方、真綾は中学生の頃の同級生の家に泊まる。恐らく、俺と二人きりの状況を回避することで、真尋さんを安心させたかった可能性が高い。

結果的に、俺は佐藤家で一人になった。

「久しぶりに静かな夜だ」

一人で読書する夜と、真綾とお喋りする夜。

どちらが良くてどちらが悪いという話ではない。

だが、たまには一人きりの家で自由な時間を設けるのも悪くないものだ。

「ふむ」

放課後に買ってきた『恋愛に使うしかない認知心理学』の続編、『恋愛に使えないわけがない社会心理学』を読んでいたが、そろそろお風呂を沸かすことを考える。

部屋を出て、階段を下り、一階に。

次にリビングに侵入すると、湯沸かし器の前へ。

「とう」

『ピッ　お湯張りをします』

「フンッ、いいだろう、許可する」

「…………ぷっ、えっ？　ひ、独り言？」

「──ん？」

「……ぷっ、くふ、ふは」

「──まさか？」

振り向くと、ソファーには口を押さえてプルプル震えている真綾がいた。

これは恥ずかしい。

「ぷっはぁ！　アハハ！　もうダメ！　ホントにダメ！　アハハハハ！　無理！　限界！　お腹痛すぎて死んじゃう！　アッハッハッハッ！」

「バカな⁉　なぜ真綾がここにいる⁉」

「いや……、くふ、っ、うん、ふふ、あのね？　グミの家に行ったら、さぁ、ふふ」

「グミ？　あだ名か？」

「あぁ、うん、ふは、ふぅ……コホン、よし。友達の家に行ったら、その子が、今からカレシが泊まることになったから♪　なんて言うから、帰ってきちゃった」

「バカなのか、その友人は⁉」

　その友達も偶然、両親が不在ゆえに、気兼ねなく真綾を泊められる。

　俺はそう聞き及んでいたが、友達よりも恋人を優先したということか。

「と！　いうわけで！　こうなった以上！」

「あぁ、こうなった以上、取るべき行動は一つ」

「姉弟仲良く夜を過ごそう！」

「一人静かにネカフェで過ごそう」

「…………」

「――――」

「修一郎（しゅういちろう）くん」

「なんだ？」

「なんでそんな、俺は間違っていない、って顔をしているの？」

「俺は間違っていないからだ」

「そうだけどそうじゃないと思う！」

　そうだとしたら、そうなのではないだろうか？

「はい、そこに正座して」

「理由もなく人は動かない。この前読んだ心理学の本にも書いてあった」

「お姉ちゃんの命令です」

「なるほど、よくわかった」

「うんうん、素直な弟は――」

「たとえ世界が終わることになっても正座だけは未来永劫、拒み続ける」

「なんで⁉」

「本人曰く、お姉ちゃんの命令とやらだからだ」

「は、反抗期だ……」

「とかく、それは置いておこう。さぁ、言いたいことがあるなら聞こうではないか」

言うと、正座はしなかったが、渋々、ソファーに腰を掛けて脚を組む。

「骨盤、歪むよ？」

「性格以外まで歪んだら終わりだな」

脚を正した。

「なら――修一郎くん、いーい？　そもそもの話、最近は店側にも罰則があるだろうし、高校生はネカフェに泊まれないと思う」

「なるほど、的確な反論だ。となると、やむを得ないな」

「そうそう、普通に自宅ですご――」

「河川敷で一夜限りのサバイバルか」

「違う、そうじゃない。あとあと、なんでよりにもよって河原なの？　怖くない？」

「一夜限りなら楽しそうだろ」

「確かにわたしもね？　修一郎くんにはそういう気持ちを大切にしてもらいたい」

「ありがとう、感謝する」

「でも今日じゃないからね？」

「天より高く上げてから地獄の最下層まで叩き落とすのは卑怯だぞ！」

「天にしては低すぎだし、地獄の最下層にしても浅すぎない？　っていうか、仮に外泊するにしても、もう少し安全な場所があると思うの！」

「愚問だな。こういう時に手を差し伸べてくれる友人が、佐藤真綾以外いないのだよ」

「も～！　その佐藤真綾がぁ！　夜更かしして一緒に遊ぼう、って言っているのにぃ！」

「やふぇろ！　ふぉうりょくれは！　らにもふぁいけつしない！」

　頬を左右に引っ張られてしまう。

「右の頬をムニムニされたなら、左の頬もムニムニされましょう」

「チィ……、小癪な！　それは自らの道標となる言葉だ！　他人に痛みを強制する言葉ではない！」

なんとか真綾の腕を払い自由を得た。

「むぅ、ならせめて、わたしの手で通報してもいい？」

「真綾も真綾でかなりおかしなこと言っているが……そこまで言うなら是非もあるまい。これよりメリットとデメリットを天秤にかける」

「予言するけどデメリットしかないからね？」

「フッ、果たしてどうかな？」

通報　↓　家族に連絡　↓　保護者不在　↓　学校に連絡　↓　姉の迎え　↓　噂が発生！

「…………」

「どう？」

「クッ、殺せ」

「ダメです。それよりも修一郎くんには、おやすみ前のお喋りの相手をしてもらいます」

「俺のプライドを貶める気か!?」

「確かにわたしは一応、お父さんにもお義母さんにも、友達の家に泊まる、って言ったよ？」

「あぁ」

「でもね？　そもそもわたしの部屋、今は施錠できるようになっているんだぞ？」

正直、真綾とじゃれ合うように、半ば冗談みたいなことを言い合うのが楽しかった。

そういう側面も間違いなくあるが、とはいえ、条件は正確に揃えておくべきだったか。

「いいだろう、ただし、条件がある」

「なになに？」

「真綾が俺に渡してくれた合鍵を、今夜は真綾が管理すること。そして、夜の一一時以降、互いの部屋を行き来しないことだ」

「それって今どき、修学旅行中の小学生でも守らないと思う……。でも、うん、わたしはそれでおっけぃ！　修一郎くんも……ううん、修一郎くんなら絶対に、自分で言って、二人で納得した約束は守るよね？」

「当然だ。俺のプライドに誓って、この約束は確実に守る」

「とりあえず、お風呂が沸くまでなにか見ようか？」

「そうだな」

「んっ、しょ」

「おい」

「どうしたの？」

「なぜさりげなく距離を詰めてきた？」

「さりげなく距離を詰めたんだから、理由を訊かないのが優しさだと思う」

「なるほど。では、今さらながら、そういうことにするとしよう」

「ねぇねぇ」

「どうした？」

「なんでさりげなくカーペットに座り直したの？　恥ずかしかった？」

「さりげなく距離を置いたのだから、理由を訊かないのが優しさだ」

「へぇ〜、ドキドキしちゃったんだぁ？」

「バカな⁉　連続質問だと⁉」

イタズラっぽい笑みを浮かべ、真綾は斜め後ろから頰を人差し指でツンツンしてきた。

なんというブラフだ……ッッ、俺でさえ深追いはしなかったというのに！

「それよりも本題に入ろう。なにを見る？」

「あっ、さっき言ったグミって子のチャンネルが収益化したらしいから、見てみない？」

「ドラマを見るような時間はすでに過ぎ去っている。異論はない」

「じゃあ、ちょっぴり後ろから失礼するね」

「……なに？」

「ほっ！」

…………ッッ！

真綾が身を乗り出して、俺越しにリモコンを取ろうとしている！

そして結果的に、真綾の胸が俺の後頭部に触れてしまった！

「――、真綾、待て」

「ん？　どうかした？」

なぜ俺の後頭部に胸を当てたまま動きを止める⁉

「本当に待ってくれ、そこで待つな」

「本当にどうかしたの⁉」

「……いや、なんでもない」

「ふぅん？　変な修一郎くん」

余裕そうな――いや、それどころか何食わぬ声音だな。

いいだろう。

そちらがウソ偽りなくなんの感慨も抱かないというのなら、俺もそれ相応の演技をさせていただこうか。

「フッ、今度は待たなくてかまわないが、安心してくれ。俺が傍から見て変なのはいつものことだ」

「お姉ちゃんとしても親友としても、なに一つとして安心できないんだけど⁉」

ここでリモコンを手にした真綾がテレビをオンにした。

一方、俺は先ほどのイレギュラーの再来を防ぐべく、改めてソファーの方に座り直す。

「今度はどうしたの？　そんなにわたしの隣がよかった？」

ニヤニヤしながら真綾が俺に迫ってくる。

だが、舐められたものだな。

俺がなんの建前も用意していなかったと思うなよ！

「テレビを見る、その瞬間――」

「んっ？　はい」

「――人類は世界を光で包み込み、悠遠からのみ、己が双眸を開くべきだ」

「いくらなんでもテレビ番組の注意書きをエキサイト翻訳するのは無理があると思うの」

「正直、俺もそう思った」

「でしょ？」

テレビからインターネットに接続する真綾。

続いて真尋さんのアカウントではなく自身のそれを選択。

「あっ、修一郎くんのヤツも登録しておく？　それともわたしと共用でもいーい？」

「少なくとも今日のところは共用でも問題ないだろう。無論、真綾に許可していただくことが前提だが」

「いいだろう、許可する！　キリッ！」

ドヤ顔でさえ可愛い真綾。

なんという戦術だ……ッッ、可愛すぎて反撃できない！

「でも、なんかいい感じだよね」

「二人で一つのアカウントを共有することが、か？」

「前にも似たようなことを言ったけどさ？　修一郎くんと、一緒に暮らしている、って感じがするから」

「フッ、その認識は外れている」

「えぇ～、修一郎くんはそう感じないの？」

「愚問だな」

「そっ、かぁ……」

真綾は寂しそうにしょぼんと落ち込んでしまった。

だが、忘れてはならない。

他人の話は終わりまで聞き届ける。それを先に警告したのは、他でもない、真綾自身だということを！

「家に帰れば真綾がいる。家でこうして、真綾と話せる。もはやその段階で、俺の方は真綾と暮らしを共にしているというクオリアを覚えるが？」

「〜〜〜っっ、じ、地獄の最下層に叩き落としてから、その、うぅ、天にも昇る気持ちにするのは、卑怯なんじゃなかったの？」

「真綾、逆だ、逆」

「逆じゃないですぅ！　もぉ、ホントにダメな男の子だと思う。わたしが言ったあとに、同じことをもっと強く言うなんて……」

「フッ、ハハハハハ！　残念だったな！　今さら現実は変わらない！　絆の形、その呼び方に不服があるとはいえ、ドアを開けた先にいつも、大切な人がそこにいる。それに幸せを覚えていることは紛れもない事実だ！」

「ええっ⁉　ちょっ、ええ〜」

「そのように満ち足りたこの刹那を、俺が自覚できないわけがないだろう！」

「うぅ……、バカ、ホントにバカ……」

非常に聡明なことを言った自覚もあったのだが、なぜか頭の悪さを罵られてしまった。

しかし、確かに恥ずかしいことを言った自覚も少しはある。

「でも、さぁ？」

「なんだ？」

「不満なことも、あるんだ？」

今回の言葉の応酬にて、すでに存在している情報。

それに関する攻略対象からの応答を求める質疑。

今では俺の愛読書となった『恋愛に使うしかない認知心理学』――これに書いてあったソクラテス・ストラテジーを、自分なりに日常会話に取り入れた！

ここでカードの一つを切って、互いに踏み込んで往く！

「そうだな、正直、俺が真綾の弟であるという現実に、思うことがないわけではない」

「むっ、わたしの弟でいるのが、あまり好きじゃないんだ」

「いるいないの問題ではない。弟でいなければならない現実に対して、それ相応の感情があるという話だ」

「らしいと言えばらしいけど、好き嫌いの問題じゃないんだ……。ふ～ん、わたしにもいろいろ理由があるけどさ？　それでも実際に修一郎くんのお姉ちゃんを、これからも続けていくつもりでいたのになぁ」

お、っ、落ち着け……ッッ！

れ、れれ、冷静に、状況を分析するんだ！

正しい情報なくして目的の達成はありえない！

確かに俺は何回も、狼狽しようと、真綾の俺に対する扱いを脳内で分析してきた。

挙句、思い返してみれば、結果的に俺が絶望するようなリアクションの方が多かった。

だが、それは絶望の序章に過ぎなかったということか！

認めざるを得ない。

俺の想定を遥かに超えるスピードで、真綾はただの弟として俺に接し始めている！

「真綾」

「なぁに？」

「なぜ俺の脚を枕代わりにする？」

「眠くなってきちゃった」

「ならばキチンとベッドで眠りに就いた方がいい」

「えっちなイタズラ、しない？」

「自分のプライドに誓って言うが、今宵だけは、世界が終わろうとも絶対に罪を犯さない」

「はぁ、修一郎くん、そういうところだよ」

いや、こういうところが、俺の長所でもあるのではないだろうか？

「まぁ、いい」

「全然よくないと思う」

「まぁ、全然よくないが、それはともかく、時間は有限だ。真綾、早くしよう」

「いいだろう、許可する！　キリッ！」

「時間は有限だ。早くしよう。キリッ！」

「…………」

「……ほぉ？」

「――ふふっ、楽しいね？」

「ささやかな抵抗、というわけか」

「ふふん、違いま～す。反抗的な修一郎くんへのお仕置きで～す」

「フン、よくわかった。真綾がそこまで姉弟であることに固執していたとは、正直、驚いたよ」

「えっ？　う、うん？　わ、わかればいいの！」

「率直に俺の予想を遥かに超えている。ゆえに、そこまで固執するならば、この一夜に限り、そちらが用意した手の平というステージの上で抗(あらが)わせていただこうか！」

言うと、俺は真綾からリモコンを奪取した。

続く刹那、真綾のお気に入りチャンネルの中にあった、真綾の友達のモノとは別のチャンネルを開いてみせる。

「あっ、それ、別のチャンネル！」

「さぁ！　これで皮肉を超えて、骨の髄まで理解したはずだ！　姉弟に、争いは付き物だということを！」

「こらぁ！　勝手にチャンネルを変えちゃダメ！」

「な、に……？」

真綾が俺の膝の上でくつろいでいる以上、あまり激しく動くとケガをさせてしまう可能性がある。

だからこそ、俺が天高く掲げるように、己が腕を伸ばし、真綾から可能な限りリモコンを離した。

「ぐぬぬ……、届かない」

「むお！　むおおおおお！」

しかし真綾は起き上がり、完璧に距離を詰めて頭上のリモコンに手を伸ばす。

こ、このままでは、マズイ……ッッ！

愛らしい女の子の胸に埋もれて、社会的に息が絶えるなど……ッッ！

真綾が軽蔑したり、このことを流布させたりするとは思わない。

だが俺の所属している学校でのコミュニティは一つで、その相手は真綾のみ。『姉であること』を強く意識している真綾に引かれたら、事実上、社会的に死ぬも同然だ！

退いてもらう際、変なところを触るわけにはいかない物理的な理由。

そしてそれと同じぐらい強い、あと少しだけでも、こうされていたい精神的な理由。

いったい、どうすれば!?

確かに初心な緊張さえ回避できて、その相手が真綾ならば、永遠にこうされていたい！

顔が埋もれるほど大きく、ほんの少し押し付けられただけで形が変わるほどやわらかく、当然だが真綾の体温が伝わってきて温かく、ミルクのように落ち着く匂いがして、さらに、胸ではなく髪からはバニラのような香りもする。

絶望的な状況だ！　これで勘違いするななんて！

嗚呼、どこからだろうな。

いったい、どこからこの音色は鳴っているのか。

『お風呂が沸きました』

「は？　まだなにも見ていないが？」

「あはは……」

○●○●

修一郎くんが入るために沸かしたお風呂だし、先に彼に入ってもらうことにした。

このたった一枚のドアの向こうで、好きな男の子がお風呂に入っている。

わたしは洗面所・兼・脱衣所で、そのドアの向こう側を正直、少し、本当にほんの少し、その……、えっと……、想像してしまったことを、うん……、否定できない。

わたしは別に入浴しているわけではないのに、全身が熱くて熱くて、もうホントにどうにかなってしまいそうだった。

お風呂に入る前から、入り終わったあとのように、顔も身体も火照っている。

全部ぜんぶ、心臓が働きすぎなせいだ。

「修一郎くん？」

『――真綾か？　どうした？』

「お風呂中にゴメンね？　少し洗面所、使ってもいーい？」

『問題ない、もとよりこの家は佐藤家の物だ。俺の許可なんて必要ないだろう』

もぉ！　また無自覚に卑屈になっている！

悩ましい……。見栄っ張りなのは可愛いと思うけど、見栄を張るから自分のネガティブシンキングにも耐性が付いちゃうわけだし。

「ちなみに――ドキドキ、してる？」

『なににだ？』

「入浴中にわたしがドアの向こうにいることに」

『慣れない感覚がするのは事実だが、一緒に暮らしているんだ。今後、こういうことは徐々に慣れていくだろう。大丈夫だ、安心してくれ』

バカ……。希望を持って訊いてみたけど、ホントにもう、意識してくれないんだ……。

つい先日まで、あんなに仲良くデートしていたのに。

あ～あ！　もう知らない！

友達に協力してもらって、ウソまで吐かせちゃったんだ！　いや、実は最初から「今日、カレシが泊まりにくるんだけど、どうしたらいいん!?」って相談されていたから、その見返りでもあるけど……。

けど、わたしが暴走したって、悲しい方向に物分かりがいい修一郎くんのせいだからね！

「んっしょ」

服を脱ぎ始める。ドアの向こうに好きな人がいるのに。

わたし、今から、修一郎くんに裸見せちゃうんだ。

すごくドキドキする。

緊張している、って意味でも。

はしたないかもしれないけど、期待している、って意味でも。

どっちもあるけど、混ざりすぎていて、境目なんて自分でもわからない。

なんか身体が勝手に動いて、心がただ、三人称視点の傍観者みたいな感じかも。

鏡に映った下着姿のわたし。

ブラを外して、ショーツを下ろすために手をかける。

一瞬、その手の動きが止まったけど——それに気付いたのはショーツを脱いで、裸になったあとだった。

第七話　ケホ！　待っ……は、話を……ッッ！

「お邪魔しま〜す！」

「…………は？」

乱心したのか？　真綾が風呂場に突入してきた。

身体はタオルで隠しているものの、間違いなく、その薄布を一枚取ったら裸になれる状態で。

「まずはシャワー、借りちゃうね？　こっち見たらダメだよ？」

言うと、真綾は本当にわずかだけ身体を反らし、持っていたタオルで髪をまとめ上げた。

続いてシャワーを浴びて、その柔肌に軽くお湯を流してみせる。

翻り俺は言われたとおり、可能な限り早急に視線を逸らした。

しかし正直、真綾の乱入が唐突すぎたこともあり——、
彼女の胸の先端にある乙女色の領域も、
その中心でツンと上を向いている花の蕾も、
そして座標は下に移って女の子の花の楽園も、

——すでに記憶に刻んでしまった。

こうなってしまった以上、今さら忘却することは不可能と断言してもいいだろう。

「………ふむ」

「あれ？　リアクション、それだけ？」

シャワーを浴び終えた真綾が俺の前で手を振ってくるが——、
ここが磨穿鉄硯の正念場だ、柘原修一郎！

初恋にして最愛の女の子がこの瞬間、俺の目の前で扇情的な姿を晒している。

湯気に包まれ蒸れたのか。

熱気に当てられ上気したのか。

いつも初雪のように色白で、きめ細やかな肌は、薄っすらと汗ばみほのかに赤く染まっていた。

汗ともお湯とも区別の付かない水滴が、まずはいつも髪に隠れている滑らかな首筋を伝う。そして肩から鎖骨へ、鎖骨から胸へ、そして最後は胸の谷間に吸い込まれた。

年相応の歓喜の嵐を、自制できようと、覚えるなと言う方がバカげている。

「はぁ」

「あれ？　もしもし？　お～い」

落ち着け、深呼吸だ。

まずは肉体的にリラックスしろ。

肉体的に演技をすると、心理的な状態も引きずられる。先日買った脳神経科学の本に書いてあったことだ。

「ふぅ」

「なんかすごくリラックスしている……」

正直、触れてみたいとは思う。

思春期の男子なら当然の願望だろう。

だが今はその時ではない！

真綾の合意、気持ちの確認なくして肌を重ねることはありえない！

あの日、告白しようとして恐怖に脚を竦ませた瞬間を思い出せ。

拒絶されてなるものか。

押し倒したあとに泣かれて蔑まれたら、冗談ではすまない。

そう、改めて考えてみれば、リスクに恐怖を抱くのは自然界の摂理だ。

なんら不思議なことではない！

「真綾」

「！　なになに？」

「すまない、いささかリラックスしすぎていたようだ」

「えっ？」

「前の家の浴槽よりも大きいからな。特に、以前より脚を伸ばせるようになったのは僥倖に等しい」

「へ、へぇ～」

「ともあれ、身体を冷やすといけない。入るならば、早々に入った方がいい」

「ほぉ～？」

「……おや？」

なぜだ？

恐怖を回避するためにこの選択をしたのに、真綾の笑顔に恐怖を覚える。

「コホン！　じゃあ、お言葉に甘えて入っちゃうね？」

「………なっ⁉　ま、待て！」

「ふぇ？　うん」

確かに真綾に入浴を提案したのは俺だ。

だが当然、俺はこの瞬間、湯船の中に座っていた。

結果的に真綾が入ろうとすれば、大なり小なり彼女の太ももが俺の前を通り過ぎ、果実のように瑞々(みずみず)しいお尻が目の前で揺れる。

クッ……ッッ！　そこよりも大切なモノを秘めようとすれば、背を向けるようにそう動かざるを得ないのは事実だが……ッッ！

「――って、ウソ!?　この体勢で待たないといけないの!?」

「違う！　待て！　そこで待つな！」

「さっきのってそういう意味だったんだ!?」

ここまで行動が遅滞してしまうと、いっそのこと、もはやこのまま入ってしまった方が最低限の露出ですむ。

そう判断したのだろう。真綾は一度中断した動きを継続させる形で湯船に浸(つ)かった。

◇　◆　◇　◆

「ふぅ、やっと二人でお風呂に入れたね」

「いや、そもそも俺は最初から風呂に入っていたのだが……」

俺の基準で語れば広くなった浴槽だが、流石(さすが)に二人で入れば窮屈なのが当然だ。

互いに体育座りで膝を抱え、真綾に限れば胸の先端の乙女色は最低限、隠してくれた。

とはいえ、緊張と期待が霧散したわけではない。

言わずもがなこちらも裸で、向こうに至っては裸のままはにかみながら「どうしたの？」と言わんばかりに俺のことを見つめてくる。

連続して胸を強く打ったようにバクバクと心臓が血を巡らせ、自らの体温で全てが溶けそうなほど、身体が火照って抗いようがなかった。

「話は変わるけど、わたしは考えました」

「あっ、はい、どうぞ」

「普段ならこういうことをしたら、お父さんやお義母さんに怒られると思う」

「あぁ、流石に異論はない」

目の前にいるのは——、
親密だが交際しているわけではなく——、
戸籍上は義理の姉だが、俺にとっては親友で、意中の相手で——、
みんなの中心人物だが、みんなはこのような姿を見られるわけがない——、

——そんな途轍もなく可憐で、今は裸の女の子。

これで勘違いするな、か。

「ふふん！　でもね？　二人で一緒に入っちゃえば、ガス代も電気代も、少しは節約になると思う！」

「言われてみればそうだな。互いの羞恥心、そして俺に限れば罪悪感、これらを排除すればむしろ合理的か」

「自分で言っておいてアレだけど……意外とすんなり納得したね」

「フッ、立場上、出費の削減に協力的なのは自明の理と言っても過言ではない！」

不意に、真綾が自身の爪先を浮かせて、俺のふくらはぎを撫でてきた。

「クスッ、それでもやっぱり、ドキドキしちゃう？」

「ぐっ、当たり前だ！」

「おや、修一郎くんが珍しくそれを認め――」

「クラスメイトだろうが弟だろうが、もはや関係ない！　どちらにせよ、こういうことをされて心臓が早鐘を打ち、顔が燃えるように赤らむのは当然だ！」

依然、互いに信頼し合っているが、それだけではどうしようもない壁がある。

そのように心の中で考えたことがあった。

当然、これもその類の事象のはずだ。

この切なく胸を締め付けられるような甘い疼きは、俺にとっても、真綾にとっても！

「なっ……⁉　えと、えと……、あの、その……、っっ、あ、ありが、と、ぅ……？」

明らかに戸惑っている真綾。

だが、理解できないが礼を述べているのもあり、満更でもない印象がやたら強い。

「この際だからハッキリ言っておこう。真綾はとても魅力的な女の子だ」

「えええっ⁉　あ〜、うぅ……なんで、急に、そんな、もぉ……」

照れ始めた途端、急激に真綾はしおらしくなってしまった。

いつもはこの俺を逆に振り回すこともあるほどバイタリティに溢れているのに。

「無論、外見もとても可愛らしいと認識している。肌は綺麗できめ細かく、ロングヘアでもまるで赤子の髪のようにサラサラだ」

「〜〜〜っっ、ま、待って、ダメ……、ホントにダメ……、言っちゃヤダ……、裸を見られちゃうより恥ずかしい……」

からかうために自ら下着を晒し、この夜に至っては混浴まで仕掛けてきた。

その都度にイタズラっぽく笑う真綾が恥じらう姿。

強いて言うなら、これはとても萌える。

「フッ、アハハハハ！　それはできない相談だ！　そして外見以上に内面が立派だ。似たような環境で育ち、俺がここまで歪んだ人間になったのに対し、真綾はキチンと周囲の友人と関わり合うことができる。端的に言えば憧れの的だ。みんなにとっても、栢原修一郎という個人にとっても」

「えっ、えっ⁉　ふぇ……、あぅ、も、もぉ……、ホントにダメだって……。恥ずかしいよ……。むぅ、言っちゃヤダって、お願いしてるのに……。顔も、身体も、ホントに熱すぎ……。こんなの、すぐにのぼせちゃう……」

「認識が甘いな、しかし、願えば叶うほど現実は甘くない！」

「い、っ、イジワルしないでよぉ！」

「それはともかく、優しくて、明るくて、誰にでも親しみやすい。そして勉強もでき、運動もでき、家事もできる。一人で生きていく能力は申し分ないし、率直に言えば、俺では天秤が釣り合わないほど、間違いなく自立できて立派な女の子だ」

「ぅう、ふぇ、ホントに、もぅ……。～～～～んっ、ダメって、何度も、何度も言ったのに……。ヤダって、言っても、言い続けて……」

真綾は両手で自身の顔を隠し始めた。

もとより膝で胸の先端にて存在を主張する蕾は隠れていたが、その砦を手薄にしてでも、今は胸より顔を隠したかったのかもしれない。

「あっ、すまない……、少し、調子に乗りすぎた、か……？」

「むぅ……、いぃ、よ？」

「なにがだ？」

「恥ずかしいけど、イヤじゃなかった……。だから、伝えたいことがあるなら、続けても」

「しかし……」

「身体が火照って、すごくすごくのぼせそうだったけど、その感じが、好きかもしれなかったし」

「わかった、俺は真綾に伝えたいことがある。真綾はそのクオリアに浸り充足を得る。利害は一致しているのだから、先ほどの続きをさせてもらおうか」

「修一郎くん、わたしを緊張させるの上手すぎだと思う……。わざと言っていない？　もぉ、羞恥プレイしているわけじゃないんだからさぁ……」

「その言葉、そっくりそのまま返してやろう！　目的は不明だが、先にここまで追いかけてきたのはそちらだろう？」

「そうだけど、そうじゃないよぉ……」

「とかく、俺は真綾と出会って、生まれて初めて、自分の隣に誰かがいてもいいと思えた。自分の隣に信頼し合える友人がいる居心地の良さを知った」

「あわぅ……、もう、無理……、今だけはわたしの顔、見ちゃダメ……。絶対に見ちゃダメ……。見られたら恥ずかしくて死んじゃいそう……」

「大袈裟な表現かもしれない。だが、大なり小なり、真綾と出会ってようやく、友達とはどういうモノかを感覚的に理解できたのは、紛れもない事実だ」

「〜〜〜うぅ、待って……。ホントにもう、なんかもう、いろいろわからないよぉ……。いや、わたしのこと、キチンと心配してくれているんだなぁ、って、わかるけど。嬉しすぎてか、恥ずかしすぎてか、どっちかわからないけど、あぁ〜、もぅ……、情報、詰め込みすぎ……」

「しかし、俺は真綾が大切だが、それ以上に、真綾が真綾自身を大切にしてくれ。自らの行いを正確に認識しろ。自分という存在の大切さを見誤るな。俺は真綾に、その相手が誰であろうと気安く肌なんて晒してほしくない」

「〜〜〜っ、う、うぅ、あわぅ……、は、はぃ、しゅういち、ろう、くん」

「当然、俺にもだ」

「あっ、それはイヤ。断固拒否します。スキンシップに影響が出ると思う」

「アァ?」

全世界に晒したいほど、最高の完成度を誇るドヤ顔だった。

そしてこの俺が、あの真綾に対して「なんだこいつは？」という視線を送る。

しかし真綾は渾身のドヤ顔を崩さない。

「いや子どもか⁉」

「違いますぅ！　あと一年もしないうちに成人ですぅ！　せい！」

言うと、真綾は両手で盛大にお湯を俺に放った。

「チィ……、宣戦布告というわけか？　いいだろう、受けて立つ！」

「わぷ！」

そして俺も真綾の顔を目掛けてお湯をかけた。

「こらぁ！　女の子の顔と髪にこういうことをするの、よくないと思う！」

「その認識は正しくないな！　男子には一方的にしていいが、女子にしたら判定負けでは、
あまりにも都合がよすぎる！　喰らえ！」

「あぁ、もう！　やったなぁ！　それ！」

真綾は今度、右、左、右、左、と、両手を交互に使い攻勢に打って出てきた。

だが、局所的なやり方では、大局的なやり方を選択した俺に勝つことはできない！

「真綾、これがなにかわかるか？」

「えっ？　桶？　って、桶を使うのはズルくない⁉」

「フッ、アハハハハ！　不意打ちで宣戦を布告した真綾には言われたくないな！　さぁ！　残念ながらこれで形勢は逆転した！　懺悔をするなら今のうち――だぼ⁉」

「ぷっ、ふふ、あはは！　残念だったね？　少し狭いけど足も使えます！　それ！」

「バカ！　えぶ！　ケホ！　待っ……は、話を……ッッ！」

「ええ〜、聞こえな〜い！　えいっ」

「えぷ、ケホ……、えほ……、待て！　ホントに！　ぷはぁ！」

「どうしたの〜？　反撃しないの〜？」

「反……ケホ！　撃、よりも、っっ、話を！」

「懺悔なら聞いてあげるよ？」

「違う！　先ほどから、見えてはいけないところが見えている！」

「ふぇ？」

瞬間、真綾は自分がなにを言われたのか理解できなかったのだろう。恥ずかしがることも、俺に対して睨むこともなかった。

言葉もなく、ただ呆けるだけ。

しかし一拍置くと、すぐに顔をリンゴのように真っ赤に染め上げ、両腕で自らを抱くように胸を隠し、両脚を閉じた。

「……見た？」

「……あれだけ派手に動いて一度も見えない方がおかしい」

「……ええ、っと、上と下、どっち？」

「……手と足、自分がどちらを使っていたか思い出せ。両方という選択肢もあるが……」

「うぅ〜〜〜、流石にこれは逃げちゃいたい恥ずかしさの方かも……」

胸の一番大切な先端を腕で隠すのは別に問題ではない。

だが、今の真綾の隠し方だと、その代償として胸の谷間が強調されてしまっていた。

そして真綾が恨めしそうに睨んできた。少し拗ねていて、だけど満更でもなさそうに。

「……えっち」

「……それは真綾の方だ。見られたくないならば、根本的に混浴を提案するべきではない」

「むぅ、そうだけど、その反応は少しつまらないなぁ」

「なぜ？」

「わたしだってここまで見せるつもりはなかったけど、さぁ？　わたしが恥ずかしいのに、修一郎くんがそこまで動揺しないなんて、なんかピエロみたいな気がして」

「だとしても、俺が動揺しないのは当然だ」

「えっ？　なんで？」

「一般的に、弟は姉に動揺しない。仮に動揺したとしても、それは本来、緊張ではなく、驚きこそが原因のはずだ」

「ふぅぅん、へぇぇぇぇ」

「どうした？」

「なんでもないで〜す」

「ところで真綾」

「なんでしょう？」

「のぼせた」

「はい？」

「真綾も先ほど、のぼせそうなクオリアが、佐藤真綾という個人にとって好ましい可能性がある、そう言っていたが」

「そんな言い方はしてないよ!?」

「俺の方はどうも好ましくない可能性が高い。真綾が突撃してくる前から湯船に浸かっていたからな」

「それなら早く上がればよかったのに。あっ、もしかして――」

「──勘違いしないでくれ」

「そ、そんな！　わたし、まだなにも言っていないよ⁉」

「どうせ、お姉ちゃんに見惚れちゃった？　そういう類のことを言おうとしたのだろう？」

「そうだけど～、そうなんだけど～、じゃあ、修一郎くんは見惚れなかったの？」

「……身内ビイキなしでも、真綾が美少女なのは誰の目から見ても明らかだ。どのような感情を持っていたかはともかく、見惚れなかったと言えばウソになる」

「今更だけど修一郎くん、ツンデレとヤンデレ、そして時々クーデレの兼用はちょっとマニアックだと思う」

「まぁ、他人からの解釈なんて興味はない。俺は俺だ。話を戻すが……単純に楽しかっただけだ。子どもが疲労を考えずに走り回るのと一緒だ。いやらしい意味なんて微塵もないから安心してくれ」

「うぅ～、そこまで言われると、今度は女の子として自信、なくしちゃうかも」

「だからこそ、恋愛要素の有無と、俺の想定の内外はさして問題ではない。イレギュラーな事態ではあるが、一度は楽しんでおくのも悪くない、そう考えたまでだ」

　またウソを吐いてしまった。

それに……まぁ、俺の方も、真綾と混浴したかったか否かと言えば、うむ。

必然、つまりそういうことだ。

見ておきたいだろう、向こうからやってきたならば。

「一般的な姉弟でも、子どもの頃なら、一度は一緒にお風呂に入るから？」

「あぁ、だからこそ、これで全ての後れを取り戻したという形にしておきたい」

無論、こちらもウソだ。

動揺していない自分をアピールするために、それがわかりやすく、通常なら動揺してしまうような窮地に自ら留まる。実に酷い本末転倒だ。

「えぇ～、そんな理由でわたしと一緒にいたの？　なんかちょっぴり不満だなぁ」

「固定観念という牢獄に、思考が囚われている自覚はある。しかし、それを踏まえても弟は姉に、姉は弟に、そういう類の目を向けないのは当然だ」

「意固地だ！」

「逆に訊くが、真綾はなぜ突撃してきた？」

「せっかく姉弟になったんだし、前よりもっと仲良くなりたかったからです！　以上！」

「天然と、よくそう言われないか？」

「割と言われるけど修一郎くんには言われたくない」

「俺の理知的な振る舞いに、自らのそれが浮き彫りになるからか？　ならば仕方がない」

「修一郎くん、鏡はあそこだよ？　曇っているけど」

「どういう意味だ⁉」

「さて、ここで取引のお時間です！」

「急にどうした？」

「修一郎くんはわたしに絶対、ドキドキしない」

「当然だ」

「わたしは修一郎くんと、もっともっと仲良くなりたい」

「その気持ちのみが唯一の正常と言う気はないが、姉としての多様性の一つだろう」

「それでね？」

「あぁ、随分と焦らすじゃないか」

「お風呂、上がったあと、修一郎くんの部屋にお邪魔するね？　大丈夫、修一郎くんはもう、わたしの弟だもん！」

○
●
○
●

髪は丁寧に洗い終わって、次は念入りに身体を洗う。

修一郎くんに、綺麗な身体だって思われたい。

髪からいい香りがするって、肌もスベスベだって思われたい。

「朝チュンかなぁ？　安心しちゃって朝までぐっすりかなぁ？」

流石にわたしにまで警戒心ＭＡＸ——ということはないと思う。

いや、ないよね？

ないはずだよね？

あったら泣くよ⁉　びえええええ、びえええええ、って！

いや、それは置いておいて、修一郎くんはもう、部屋にいるはずだけど……な、な、っ、なん……ッッ！

「〜〜〜うぅ、なんかとっても緊張してきた！」

いやいやいやいや、いくらわたしでも、まぁ、わかっているよ？

混浴までしたのに、まださらに緊張するの、って。

でも混浴と、これから起きるかもしれないことを比べたらさ？　そのイベントの意味がすごく違うと思う！

「勘違いしちゃダメ、って言っているのはわたしだけど、勘違い、してほしいよ」

ホントに、もう、普段から変な思考回路して答えを間違えちゃうんだからさ？

結果的に間違わないでよ。

ちゃんと自分の考えで、わたしに間違ってよ。

「わたしだけには、間違ったところを、見せてくれてもいいんだけどなぁ」

こういうのを、惚れた弱みって言うのかな？

彼のことが大切だから、好きだから、モヤモヤしちゃうこともある。

失敗する勇気を持ってほしい。

失敗しても大丈夫ってことを知ってほしい。

わたしは修一郎くんが失敗しても呆れたりしないし……間違ったことをしても、嫌いになったりしないから。学校っていうか、普段でも。そして、このあとの夜でも。

これがわたしのワガママだっていうのは、わかっている。

っていうか、わたしだって修一郎くんのことを言えない。

修一郎くんに、なにも気持ちを伝えていない。

わたしがやっていることは結局、向こうの気持ちを確かめるために、向こうから告白を引き出そうとしている、相手がなにか変えてくれることを待っているだけの誘い受け。

しかも致命的に、そもそも修一郎くんが、わたしのことを本当に恋愛対象として見ていない。その可能性が欠けている。

「当たり前だけど、最高のチャンスでも、逃したら、二度と戻ってこないんだよね……」

第八話　そこから、もう、互いになにかを語ることはなかった。

「はい！　お邪魔します！」

「仮にも異性の部屋にきたのに、緊張感がなさすぎる……」

十数分後、ホカホカでフワフワしているパジャマ姿の真綾(まあや)が部屋にやってきた。

「ちなみに、上がってからなにしていたの？」

「ウィンドウショッピングだ」

「通販サイトを巡回することをウィンドウショッピングとは言わないと思う」

フッ、そこはさして重要ではない。

重要なのは、俺が初めからデスクチェアに座っている事実自体だ。

ベッドにいたら、この肉食小動物になにをされるかわからない。

「どれどれ」

「なに……っ」

慣れてきたもので、驚愕(きょうがく)の声も少なくなってきた。

しかし、まさか背後からディスプレイを覗(のぞ)こうとするとは……。

距離が近い。お風呂上がりなのも相まって、髪からはとてもいい匂いがしてくる。

「えっと……なにこれ？」

「ん？　あぁ、定期割引便だ。届け先の住所変更をしておこうと考えていたところだ」

「庶民的！」

「庶民だからな」

「あっ、わたし、修一郎くんが普段、なにを買っているのか見たい！　ダメ？」

「別に、真綾にになら見せてもかまわない」

まずは定期割引便の管理ページを開いた。

「とりあえず、真綾、イスに座っていいぞ？　俺は退──」

「では遠慮なく」

「──けると言おうとしたが、せめて、言い終えるまで遠慮していただきたかったよ」

真綾は俺の両脚の間に割って入って、小動物のように、チョコンとそこに収まった。

すでに一〇時を過ぎているが、チョコを差し出したら食べてくれるだろうか。

「なんか、これもいいね」

言うと、真綾は俺に寄りかかってきた。

「察するに、一緒に暮らしている感じがするからか？」

「う～ん、近いけど、それじゃなくて、仲がいい感じがするから」

「こればかりは俺にだって自信があるが、前々から仲は良かっただろう」

「でも、これからはもっと仲良くなれると思う」

「……真綾、暑くないか？」

「そうかも。この部屋、少し暑いよね」

なぜパジャマの胸元を揺らし、その中に風を送り込む……？

おかしい……、暑いならば離れるのが道理ではないのか？

「部屋ではなく、互いの身体が熱いのだと思うが？」

「お風呂上がりだから、火照っていても、しょうがないよね」

クソ……ッッ、経験が圧倒的に足りていない！

恋愛経験が豊富なヤツならば、言葉ではなく流れで、キスすることも可能なのだろう。

だが現状、俺には経験が足りない。完璧ではなく、ここで行動を起こすのは早計だ！

「そういえば、風呂上がりはいつもお下げなのか？」

「うん、首の後ろとか蒸れちゃうからね」

「なるほど」

「珍しい？」

「あぁ、いつもとは違う真綾を知れて、俺はなにもしていないのに得をした気分だ」

「ちなみに修一郎くんはロングヘアとショートカット、どっちが好き？」

「ロングヘアだな」

「えぇ～、嬉しいけど、わたしがロングヘアだからお世辞、言っていない？」

「俺のプライドに誓って、ウソは言っていない」

「なら、理由は？」

「その子の自由に、髪型を変えることができるからだ。極論、切ってしまえばショートカットにもできる」

「う～、わ～、恥ずかしぃ～、身体がポカポカしてきた！」

「バカな!? 俺がプライドに誓ったことだぞ!? ウソは吐いていない！」

ニマニマ笑いながら、真綾はくすぐったそうに身体を左右に揺らす。

こちらからは指一本さえ触れていないが、まるでなにかとじゃれ合うように。

「あはは、ち、違くて！　そのぉ、……ね？　そう言われて、嬉しくて、恥ずかしかった」

「～～～ッッ、真綾」

「なになに？」

「そういうところだぞ」

「えっ？　つまりどういうところ？」

そういうところだ。

それ以上、現時点では伝えようがない。

「とはいえ、そこまで嬉しいものなのか？」

「ホントなら、これを言われたことがない女の子に自慢したいぐらい嬉しい」

「今まで互いに察し合っていたが、友達には言わない方が賢明だろう。今のことも、俺たちが、あぁ、その……、そう、だな……、義理の姉弟、だということも」

「そうだよね、からかわれたくもないし、盛り上げてほしくもない。わたしたちの関係は、みんなのオモチャじゃないもん」

ふと、真綾が俺の手に、自らの手を重ねてきた。

「ホントは、なにも問題ないはずなんだけどね」

「バカを言うな。問題だらけだ」

「なんで？」

「フッ、他人とはつまり世界だ。自らが存在している以上、他人を計算に入れないということはありえない」

行動や言論に自由がないわけではない。

だがそれを誰かに知られれば、大なり小なりなにかを言われる。

そして時として、他人の顔色が事実上、自由を不自由に変えることもあるだろう。

「ところで修一郎くん、もう一一時、過ぎているよ？」

「——ん？」

「ふふん！」

「それはつまり、自室に戻る時間だろう？」

「違うんだよなぁ、修一郎くん」

なんだ、この絶望の波動は？

直感だが、どうも俺はなにかを失敗した気配が強い！

「修一郎くんはさっき、二つ条件を出しました。わたしが渡した合鍵を、今夜はわたしが管理すること。そして、夜の一一時以降、互いの部屋を行き来しないこと」

「あっ」

「この条件だと、わたしがわたしの部屋に戻る理由にもならないし、一一時以降、わたしが修一郎くんの部屋にいることを禁止する理由にもならないよね？」

「黒とは言えないがグレーすぎる！」

「逆で～す！　グレーだけど黒ではないからおっけぃ！　だよ♪」

「なっ……ッッ！」

まさか、真綾は気付いていたのか？

俺の真綾に対する想いにではない。

それよりも根源的に、俺がどういう価値観を持っている人間なのかを！

「修一郎くんは、さ？」

「──っ、なんだ？」

「絶対に守るよね？」

「──────」

「たとえ勢いだったとしても、こういう形なら納得できるって、二人で決めた約束を」

そんなふうに言われれば、守るしかない。

これは自分で言い出したことだ。

そしてどんなに滑稽でも、自分は恋人同士という形にこだわって、あの六月一七日から、悩み、足掻いていたのだから。

「愚問だな。俺が自身のプライドに誓って断言したことだぞ？」

「と、言いますと？」

振り返った真綾はとても嬉しそうにニヤニヤしていた。

クソ……ッッ、言質を取る気か⁉

「約束は必ず守る！　それがコミュニティというモノだ！」

「あっ、エッチなことはしちゃダメだからね？」

「当然だ！」

「えっ？　イジワルな質問しちゃったけど、そこまで強く断言できるんだ？」

「あぁ、考え直してみれば、実に初歩的なケアレスミスをしていることに気付いた」

「ケアレスミス⁉　修一郎くんが⁉」

「正直に認めるが、そうとしか言えない」

「ってことは、考え直して出てきた方の答えはもっと間違っていると思う！」

「待て！　いくらなんでもそれは辛辣すぎる！」

一般的に、ケアレスミスを発見できれば間違いは減るものではないのだろうか？

「真綾は俺のことを信頼していると認識していたが、より信頼してくれた方が嬉しい、と、
一応、個人的な感情を伝えておこう」

「ゴメンね？」

「いや、信頼されて嬉しいのは事実だが、それはないものねだりの対象ではない。自分自

身で積み上げるモノだ」

「そうじゃないの」

「修一郎くんのことは、今まで会ってきた人の中で一番信頼している」

「ありがとう、すごく嬉しいよ」

「だからこそ、ケアレスミスの発見が、答えの大幅間違いに繋(つな)がるんだろうなぁ、って」

「ならばいいだろう、論より証拠だ。俺の話を聞いてくれ」

「では〜、どうぞ！」

「同じ家の施錠(せじょう)できる別々の部屋で眠ろうが、同じ部屋で眠ろうが関係ない。ただただ愚直に弟として、姉と仲良く、朝まで深く穏やかに眠ればいいだけだ」

「なるほど」

「一〇〇点だろう？」

「〇点のことを一〇〇点と呼ぶ文化があればそうだよね」

そして日付が変わった六月二九日深夜、電気を消して、俺と真綾は同じベッドで寝ていた。

「なぜハグしている？」

「これもお姉ちゃんから弟へのスキンシップです」

「先ほどみたいに恥ずかしくならないのか？」

「自分からしているわけだし、それに――」

「他にもなにか？」

「――電気、消してるでしょ？」

さっき、ついに自ら、弟という言葉を使ってしまった……。

「二人でこうしていると、さ？　ドキドキもするけど、安心も、すごくするよね」

「まぁ、過ち（あやま）が起きるわけでもない。互いに安心しきって眠ってしまおう」

「うんうん」

「だがその前に背中に、胸を押し付けるのをやめてくれ」

「感想をどうぞ！」

「寝返りが打ちづらい」

「それだけ!?」

「それだけだ」

それだけなわけがなかった。

抱いたらダメな気持ちを、理性で抑え込むのに必死だった。

流石にもうわかっている。

俺も、真綾も、今までの全てが、なかったことになるとは考えていない。

むしろ大切にしていて、しかし、そこが同じだからこそ、理解できないこともある。

「修一郎くん」

「なんだ？」

「名前、呼んでみただけ」

「真綾」

「なぁに？」

「呼び返しただけだ」

「クスッ、しゅーいちろーくん」

これは……物理的な接触とは違う理由で恥ずかしい。

「せっかくだから、お姉ちゃん、って呼んでみない？」

「絶対にイヤだ」

「強情だなぁ」

そうでなくてはならない理由がある。

こればかりは自分の答えに間違いがないと断言できた。

仮にお姉ちゃんと呼ぶことで、ハグも、キスも、混浴も、添い寝も、全てが許されたとしても、別にそれが恋人同士になったことを意味するわけではない。

ただ、それが許される物珍しい姉弟になっただけだ。

「真綾も知っているだろう？　俺は強情なんだ」

「うん、知っている。そこが気に入っているから、親友やっているわけだし」

「言っておくが普通、親友に限らずクラスメイトのことをお姉ちゃんなんて呼ばない」

「だからこそ呼んでみたくならない？　ギュ！」

「…………ふぅ」

「あれ？」

「ゴメン、佐藤さん。俺、クラスメイトと姉弟プレイする性癖は持っていないんだ」

「なんで今、素に戻ったっていうか、むしろ演技したの⁉」

「真綾、近所迷惑になるから静かに」

「あっ、ゴメンね？」

「とはいえ、これでわかってくれたか？」

「なにを？」

「どちらが常識的か、を」

「わかったというか、修一郎くんに言われると、逆に認めたくなくなる」

「それもそれでどうかと思うが……」

「いや、うん、あのね？　ホントにビックリした。今みたいに言われたら、それはそうだよね、としか言えないよね」

「そして、あくまでも仮にだが――」

「仮に？」

「俺がどこかの女子に、突然お兄ちゃんなんて呼ばれたら――」

「校舎裏、って呼び出すよね」

「あっ、はい」

……ちょうど真綾と同棲を始めた日にも少し思い浮かんだが、まぁ、そうだな。

妹を紹介するのはまだ早いかもしれない……。

「えっと、冗談だからね？」

「安心したが、ともあれ、これでわかっただろう」

「………、っ」

「真綾？」

「あの、ね？　あまり、わかりたくないよ」

「だとしても、やはりクラスメイトが女子のことを、お姉ちゃんなどと呼ぶのは——」

「他のみんなと修一郎くんは違う」

「それは——」

「修一郎くんの言っていることもわかるし、事実だよ？　だけど、わたしたちが姉弟になったことも事実なんだよ？　そっちはわかってくれないの？」

「あまり、積極的にわかりたくはないな」

「修一郎くん」

「なんだ？」

「朝まで、ずっと、一緒にいてもいいよね？」

そこから、もう、互いになにかを語ることはなかった。

窓とカーテンのわずかな隙間から朝日が差して、小鳥のさえずりが聞こえ始める。

とても過ごしやすい気温で、いつもなら、微睡むのにちょうどよかったはずだろう。

だが、もうそんなことは言っていられない。

背後から抱きしめ続けられた。

そして彼女は憧れの女子だった。

胸を押し付けられても。

彼女の両腕が、俺の首に回されても。

いつの間にか自分の脚に、真綾のスラリとした滑らかな脚が絡んできても。

それでも一線を越えるようなことはなかった。それでも夜が明けて闇に光が差すまで、俺は死体のように起き続けた。

「ん～～～～、おはよ～、修一郎くん」

「おはよう、真綾も」

「う、んっ、んんっ！　ふわぁ、朝、だねぇ……。ギュウ」

真綾は俺を引き寄せるように、なにかをねだるように、自分からさらにくっ付いてきた。

寝不足の上に穏やかな気持ちになって、今さらながら意識が闇に堕ちそうになる。

「どうした？」

「外が暖かいなら目が覚めやすい、ってよく言うじゃん」

「逆に俺は眠りに捕らわれてしまいそうだ」

「なら、このまま二人で、学校サボっちゃう？」

真綾が俺の耳元で、天使のように小悪魔みたいなことを囁く。

耳がくすぐったい。

「いや、姉弟であることが露呈していないのに、別の噂が広まる。ある意味、それは一番回避すべきリスクのはずだ。決定的なミスをしていないのに、真実に辿り着かれてしまう」

「それは、イヤだね」

「同感だな」

離れたくなかったのだろう。

真綾は俺の手に、自らの手を重ねてきた。

「とはいえ、辿り着かれて困るような真実を抱えているのは俺たちだからな」

「まぁ、願えば叶うほど現実は甘くないよね、キリッ」

「そうだな。当事者たちの気持ちよりも、同棲していること自体の方が、クラスメイトにとっては重要で、知ったら確実にはしゃぐだろう」

「誰か一人にでも、試しに教えるわけにはいかないからね」

「当事者としては、それ以上に大切なことがあるんだがな……」

その瞬間、肩を摑まれ、強引に上を向かされる。

続いて真綾が大きく動いて、俺に覆い被さってきた。

一瞬で目が覚めて、状況を理解して、思わず真綾から目を逸らす。

傍から見れば、まるで俺の方が真綾に押し倒されたような体勢なのだろう。

「む～っ、修一郎くんのバカ」

「な、なぜだ……？」

「どーせ、やはり真綾の弟であることが不服だな、なんて言おうとしたんでしょ？」

「フン、本当にそうかな？」

「本当にそうじゃないって言いきれる？」

「……否定はしない」

「もぉ～、バカバカバカバカ！」

「なぜ罵倒しながら抱き着く⁉　言動が食い違っているぞ⁉」

「う～っ、もうわたしとは仲良くしたくなくなっちゃったの⁉」

「……それは、何語だ？　ちょっとなにを言っているのかわからない」

「日本語だけど⁉　って、そうじゃなくて！　そんなにわたしに、仲良くしたいなぁ、って思える魅力、感じなくなったの⁉」

「真綾、大丈夫か？　目を開けたまま寝言を言っているぞ？　本当は眠いんじゃないか？」

「えっ？」

「真綾に魅力がないわけがないだろう」

「あ、ありが、とぅ」

「だからこそ、弟として、嫌われないように必死に我慢したんだ」

ウソ偽りなく、自分がどれほど滑稽な人間なのかを痛感する。

想(おも)いを封印しなければ、いつか想いが報われることもない。

しかし、封印する理由のうち、説明できるのは「弟だから」しか存在しない。

だからだ。俺が昨日の夜から、俺と真綾は姉弟、その情報を使い始めたのは。

「なんで――」

「――」

「だったらなんで、わたしのこと、お姉ちゃん、って、呼んでくれないの？」

とても胸が切なそうに、真綾が上から俺の顔を見つめる。

翻り、俺はやはり中途半端に目を逸らした。

真綾のその切なそうな顔を見ていられなかったわけではない。

彼女と似たような感じになっているはずの自分の顔を、見られたくなかったんだ。

「当たり前のことだけど、わたしたちは同級生だよ。しかも親友だよ？」

「あぁ、確認するようなことでもない」

「だけど、それでも、姉弟になったんだから、前より仲良くなりたいって、願ったらダメなの？」

「……その願望自体が悪いわけではない」

「そうだよね。そして、願っただけじゃなにも進展しないから、わたしなりに行動を起こした」

方向性は真逆だが、真綾も同じか。

今よりも仲良くなりたいからこそ、行動を起こした。

いや。起こすしか、なかった。

「願うことが悪くないなら、それに向かって頑張ることは、もっと悪くないよね」

「それには、全面的に同意する」

「だったら、さぁ……寂しいよ、せっかく一緒に暮らすことになったんだよ？　そこに同意してくれるなら、呼ばない理由は——」

「信じられないかもしれないが、そういう質問の仕方をされれば、実は俺も理由はない、そう答える」

ウソでしょ……？　そういう感じに真綾が動揺した。

それが表情から伝わってきた。

「だが逆に、なぜそこまで俺のことを弟扱いしたがる？」

「——え」

「確かに姉弟にはなった。それは認める。同じクラスの美少女をお姉ちゃんと呼べるなら、それに喜ぶ男子もいるだろう。だが俺には、互いに互いを姉扱い、弟扱いする意味がなにも見出せない」

「——なん、で？」

「本当にわからないのか？　再婚の時期から察するに、真綾だって年末年始の頃から、弟になるのが俺と、そう知っていたわけではないだろう？」

「そうだけど、それが、いったい——」

「義理の姉と食事をしようとしたら、なんとそこにいたのはクラスメイトだった」

「……それは、その」

「あれからまだ二週間も経っていない。心が追い付くわけがない。周囲から浮いている俺だが、これも、真綾は間違っている答えだと思うか？」

「……思わない。すごく、正しい、よ」

「俺には真綾の方が理解できない。俺よりも早く事情を知っていた。それを踏まえても俺を過剰に弟扱いするのに、躊躇いがなさすぎる。お姉ちゃんとしての心の準備が、早すぎる」

「そう、だよね……、混浴や、添い寝までして……」

「なぜ親友のままでいる道から切り替えた？　まだまだ遠く、道は続いていたはずだ。なぜお姉ちゃんという過程、方法に固執する？　真綾をお姉ちゃんと呼ばない理由はないが、かと言って呼ぶ理由もない。ならあとは、常識と、時間と、心の整理が焦点になるはずだ」

「く、……っ」

　俺ではない。

　あのいつもの俺を微笑まし気に見ている真綾の方が、悔しそうに歯を軋ませた。

「そんな急に湧いて出てきた形式上の関係で、前までの俺たちの関係がなかったことにはならない」

「そんなこと、言われるまでもないよ……っ」

俺の頭の横についていた真綾の両手。

それが静かに握り拳に変わって、震え始める。

「わたしと修一郎くん、すごくすごく、仲がいいよね？」

「俺はそう信じている」

「修一郎くんだけだよ？」

「――なにがだ？」

「これもわからないの？」

「候補になるような対象がありすぎて、逆に絞り込めない」

「そういう下げてから上げるバカップルみたいなセリフ、聞かせてくれるなら、今じゃなくてもいいじゃん……っっ！」

頬に、水滴が落ちてきて、湿った感覚が肌の上を伝う。

朝露のように透明感のある涙が、真綾の長い睫を濡らし、瞬きをするたびに、瞳が潤み声も揺れる。

「わたし、ゲーセンにも、カラオケにも、スタバにも、マックにも、他のどこにだって、キミ以外の男子と二人きりで行ったことなんてない！」

「…………っっ」

「間接キスでさえ、女の子としかしたことなかったし！　当たり前だけど裸だって、お父さん以外に初めて見せた男の人はキミだった！」

「俺だって同じだ！」

「〜〜〜ッッ、うぅ、なんとなく、そんな気はするけどね！」

「知っているだろう！　俺には根本的に真綾以外に友達がいない！　だが、それを踏まえても俺と真綾は相対的ではなく、絶対的に親しいはずだ！」

「なんでそんな自信満々にボッチ宣言を……っ」

「水族館にも、動物園にも、プラネタリウムにも行っただろ！　休日に雨が降ればネトゲで遊んで、夜が更ければ、おやすみ、また明日、そういうことを言い合う仲だった！　そういう相手がそこらへんに何人もいるわけがないだろう！」

「当たり前だよ！」

それなのに真綾はすごく悔しそうだった。

逆に俺の方は、自分で自分に嫌気が差す。

たとえプライドが邪魔しているとしても、泣いてしまわないなんて。

「わたしと修一郎くんの仲が悪いなんて、そんなこと絶対にありえない！　キミが相手だから一緒にお風呂にも、ベッドにも入れちゃうんだよ!?」

「あまり俺を舐めるな！　それぐらい充分に伝わっている！」

「それぐらい信頼しているんだよ？　キミの隣なら安心できるんだよ!?」

「だからそれを裏切りたくなかったんだ！」

「――う、くぅ！　口喧嘩しているのにぃ……、そういう嬉しいこと、言わないでよ！」

「断る！　いいか？　それぐらい俺は嬉しかったんだ！　あの日からずっと、上辺だけの振る舞いじゃなくて、キチンと俺を見透かしてくれたことが！」

「当然だよ！　前にも言ったよね？　少しぐらい個性的でも、結局さ、男の子は優しいのが一番だよ、って！　あの時からクラスでメチャクチャ浮いていたけど、ホントのキミはバカみたいに優しくて、アホみたいにピュアだったじゃん！」

「俺に負けず劣らず強情か……ッッ」

「そうだよ！　実はわたしの方がよっぽど強情なの！　だからこそ、わからないよ！」

「理解できない……ッッ、両者、なにかしらの理想があって、前よりも親しくなりたかった。そこは一緒のはずだ！」

「だったらさぁ――」

「だというのに――」

「わたしたちはなにも変わってないんだから――」

「俺たちの積み重ねがなくなるわけではないのなら――」

「――それをどんな言葉で呼んだって、問題はないと思う！」

「――それをわざわざ姉弟なんて呼ばなくても、問題はないはずだ！」

第九話　クソッ、やられた！

どちらも仲良くなりたいけど、どちらのやり方で仲良くなるかでケンカしました！

真綾とカップルでもないのに、こんなバカップルのような口論になった。

そして信じられないことに、互いに個我が強すぎて、仲直りできないまま一週間が過ぎてしまった。

互いに歩み寄りたくて、その結果、ここまでの冷戦に発展するなど、ほとほと滑稽だな。

従って俺は今、教室の自分の席で今後の計画を練り直している。

六月一九日当初からの目標は、真綾と結婚することだ。

これに変更はありえない。

理由としては義理の姉弟になってしまったため、本質的には無論のこと、形式的、つまり戸籍的にもそれを否定するためである。

だから恋人ではなく夫婦を目指した。

発想、過程が飛躍しているということは承知している。

だが、好きな相手と夫婦になる。その結果を目指すこと自体は、なに一つとして第三者から誹られるようなことではない！

「とはいえ、最低限の要所は確実に押さえるべきだ」

終わり良ければ総て良しとは、確かによく言う。

だが、効率的にハッピーエンドに辿り着くためには、やはりある程度過程を意識しなければならないのも事実だ。

そしてその最初の通過点が今、ここにある。

無論、真綾との仲直りを諦めるという選択肢は、俺にない！

問題なのは……ややこしい言い方になるが、言い争いになってしまったこと自体が問題ではないことだ。

先日、自分で言ったとおり、真綾を姉と呼ばない理由もないが、呼ぶ理由もない。これの構造を破壊しない限り、和平交渉は至難を極める。

正直俺だって、意中の同級生に「お姉ちゃん！」と呼び続けて、それでいつの間にか真綾がお嫁さんになってくれるならば、むしろ積極的に何回でも呼ばせていただきたい。

「……ないだろ、常識的に考えて」

しかし俺が折れるよりも早く、真綾が折れるとも考えられない。

その場合、どうも真綾が執着しているらしい、お姉ちゃんスキンシップとやらを封じる結果になるからだ。

両者が相手と同じことを願っているからこそ、問題の解決が難しい。

「終わらせてなるものか、こんなケンカ別れみたいな形で、未練を残したまま……ッッ」

そこでふと、俺は自分の席から真綾の様子をうかがう。

今、そこにはクラスメイトの女子が数人、真綾を心配するように集まっていた。

「真綾、なんか最近、ずっと落ち込んでいない？」

「誰かに酷いことされたの？」

「うん……、わたしは大丈夫、うん、ホントに……」

待て、俺でさえわかる。その言い方は逆効果だ。

「そう言うってことは大丈夫じゃないよね！」

「えっ？」

「えっ、じゃないよ！　誰になにされたの？　男子？」

「えっと……、ホントにこれはわたしの問題で……」

「一人で抱え込まないでよ。この前、泣いた跡まであったんだし」

「あっ、はい」

真綾は俺ほどではないが涼しげな一面もあるからな。

冷戦中とはいえ、真綾の表情が作り物っぽくなったのが察せられる。おおかた、勘違いを訂正することを諦めたのだろう。

「そうだねぇ、う〜ん」

とはいえ、ここで真綾の思考が聞けるのは嬉しい誤算だ。

「ほらほら〜、わたしたち親友でしょ〜？」

「親友？」

「うんうん、ほら、遠慮なく！」

「──そうだね、なら話そうかな」

ふと、真綾が俺の方をチラ見してきた。

俺の反応を窺うつもりか？　いいだろう、受けて立つ。

「放課後に寄り道でもしない？　そこで話すよ」

「…………ッッ」

クソッ、やられた！　肩透かしか⁉

さて、この局面において選択肢は二つだ。

放課後、真綾を追いかけるか否か。

だが俺が真綾だった場合、自らの悩みは誰にも聞かれないような場所で打ち明ける。

まして今、真綾は確実に俺のことを見た。俺に聞かれる可能性を潰すために、カラオケボックスに入るなどして対処を施すかもしれない。

流石にこのぐらいなら、俺でなくても一般的なリスクマネジメントの範疇だと推測する。

つまり俺の立場だと、時間と金の無駄になる展開の方が現実的、か。

「夕食は、なにが食べたいんだろうな……」

多数のクラスメイトの雑談で、俺の小さな独り言は見事に掻き消えた。

率直に思うが、気まずいし、それがイヤだし、泣かせたことを謝りたいとも思う。

ただ、自分の考え方を変えられる予感が微塵もしない。

なにもわかっていない状態で謝られても、真綾だって迷惑だろう。

しかし、あれだけは否定しておかないと、俺と真綾は付き合えない。よほどの出来事がない限り、未来永劫、姉弟というフレームに収まり続けてしまう。

もしもそうなった場合、今とは別の、しかし段違いの障壁が待ち構えている。

一度確定した関係を破壊するには、想像を絶する覚悟と努力が必要だ。

同棲する前の時点で告白できなかった俺が、それほどの恐怖を打破できるわけがない。

心に変化がないのなら、それを今までどおりに呼んでも、問題はないはずなのに……。

○
●
○
●

寂しいし、キチンと話して謝りたい。

だけど他にやり方があるならともかく、現状『お姉ちゃんとしてイチャイチャ戦術』が一番大胆に、しかも効果が狙えるボディタッチができるし……。

好きって気持ちが変わらないのなら、それをなんて呼んでもいいはずなのに……。

「ハァ……」

わたしはどうも最近、修一郎くんと顔を合わせるのが気まずい。

そして今日に限れば放課後、友達と仙台駅の近くのスイパラにいた。

「それでどうしたんッスか？」

黒いショートカットをぽわぽわ揺らし、萌花が信じられないぐらいカレーとサラダを皿に盛って席に着いた。

ここって一般的にはスイーツを食べるところなのに、この盛り付けはいっそ清々しい。

っていうか、身長が一五〇cmなかったはずだし、胸もAカップだったはずなのに、そのカロリーはどこに消えちゃうんだろう……？

「真綾が寄り道してまで相談なんて、かなり珍しいよね」

赤みがかったロングヘアがトレードマークの、校外ではしっかり遊んでいる系優等生。

身長も一六〇cmを超えていて胸もGカップ、男子から人気がないわけじゃないのにドラマを求めて早一年。

いつもは「カレシがほしいからこそカレシができない！」「ドラマチックな出会いがない！」と嘆く杏が、今日はニヤニヤしながらわたしのことを心配する。

「ほらほら〜、私たち親友でしょ〜？」

明るいというか淡い茶色に染めたセミロング、通称、ミルクココア頭の持ち主。

本人は淑やかな乙女らしい亜麻色の髪！　と言い張っているけど、男の子顔負けのバイタリティの理穂が……うん。

話を聞いてくれるのはすごく嬉しいけど、見栄えなんて気にしないほど、ショートケーキやチョコケーキ、パフェやフルーツを一度に持ってきて、淑やかさの欠片もない……。

「んっ？　どうしたの？」

「理穂、盛りすぎじゃないかなぁ、って」

「大丈夫！　ＳＮＳに上げるのだけ見栄えよくするから！」

なにも大丈夫じゃない……。杏を見習おうよ。

実は割と落ち着いていて、時間にも余裕があるから、まずはチーズケーキとコーヒーのみ。理想が高かったり、食べ方も綺麗だったり、意外に杏の方が乙女っぽい。

「ウチは真綾にもカレシができて、その相談をする展開に三タピオカミルクティーを賭ける！」

そして腰まで届く黒髪ロングで有名な軽音部の部員。

世にも珍しい、髪を染めることを「怖い！」と怯え、ピアスを開けることを「痛そう！」と涙目になる、制服だけ着崩したビビりギャル。

バンド、ユビキタス・フェノメノンのキーボード担当の芽衣。

「なら、うちはまだ告白できていなくて、その相談をする展開に五タピオカミルクティーを賭ける！」

最後に同じく、男の子から「演奏中に揺れるポニテがいい」と言われる軽音部の部員。

バンドやアイドル、動画やマンガや映画や、最終的には次のテストの出題傾向まで。

流行を先読みすることに全ての才能を費やしたユビキタス・フェノメノンのギター担当の琴葉。

「待って、芽衣と琴葉も……。タピオカを賭け事のチップ扱いしないで……」

友達同士では杏＝にじみ出る乙女脳、理穂＝隠せない元サッカー少女、芽衣＝髪染めビビリギャル、琴葉＝天才的ミーハーと認識し合っていた。

ちなみに萌花に至っては、クラス全体から取り扱い危険少女なんて言われている。

そしてわたしは「カレシができたら振り回しそう」とか「絶対にワガママお嬢様気質」とか、挙句の果てに萌花には「夜はベッドに束縛系処女ビッチ」とか散々な言われようをされていた……。

まるで心当たりなんてないのに！

「ほらほら、遠慮なんていらないでしょ！」

「うん、そうだよね」

もともと相談するつもりで寄り道に誘ったんだし！

「理穂は今、私たち親友でしょ、って言ったよね？」

「うんうん、当たり前でしょ！」

「でも、仮にわたしの方は、待って、わたしと理穂は友達じゃなくてクラスメイトだよ、って言ったとする」

「う、うん？」

「そこで質問、仲の良さに変化がなくても、呼び方を訂正する？」

「自分はどっちでもいいッス」

「早速参考にならない！」

　思わず頭を抱えそうになった。

「えとえと……私は訂正する！」

「気持ちはわかるけど、あたしはしないかも。それでこじれてもイヤだし」

「杏、わかる。ウチも直接訂正はしないけど、思うところはあるよね」

「それね。うちも一々そんなことしないけど、相手が言い直すなら、寂しくなるよな」

「理穂だけ訂正する派、杏と芽衣と琴葉が訂正しない派、ふ〜む」

「もしかして、そのするしないで誰かとケンカしちゃったんッスか？」

「まぁ、うん」

「ねぇねぇ！　それって男子関連のヤツだよね⁉」

「ゴメン、理穂、男の子に限った話題じゃなくて親友の話題」

「これはとてもてぇてぇですねぇ」

「うちの中のオジサンズ・ソウルが百合(ゆり)の波動を敏感に感じ取っているよね」

「最近、芽衣も琴葉も、VTuberに毒されすぎッス」

「萌花の言うとおりかも……」

「かくいう自分も、それがカレシとかの話だったら全力で探りを入れるんッスけどねぇ」

「………ひぇ」

「だよねだよね！　ほらっ！　真綾って浮ついた話を全然聞かないし！」

「そういえば、あたしもまったく聞いたことないかも」

ヤバイ！　やっぱり真実には辿り着かせられない！

友達だからこそ、バレちゃって弄られたら、空気壊せなくて強く拒絶できないし！

いや、わたしならバレたら間違いなく、相手を気まずくさせても拒絶する。

だからこそ、隠さないと！

「っていうか、こんな当たり前のことで百合の波動？　みたいなの感じちゃうんだ」

「「「……えっ？」」」

「えっ？　なに？　その反応？　しかも杏まで」

そんな日常的に百合の波動を感じないでよ。

「いや、だって、頭を空っぽにして常識だけを考えてみるッス」

「確かにあたしたちの間でも、訂正をするか否かで意見は分かれたけど、その……」

「ぶっちゃけ！　私だったらその相手が自分にとって、すごく譲れない存在じゃないと、いくらなんでも涙を流すまでケンカするわけがない！　以上！」

「…………ホントに？」

「この間、泣いた跡を残したまま登校してきた時はビックリしたッスよ」

　それは盲点だった。

「ウチもだけど、大半の人はどっちでもいいや、って結論に至るでしょ」

「真綾のケンカの相手は女子らしいけど、男子とそんなことで言い争ったら、いいからお前ら結婚しろよ、って満場一致でツッコムけど？」

　違うんだよ、琴葉。

　結婚したいから、それでケンカ中なんだよ……。

「にしても、真綾にも同じことを言えるッスけど、よく相手の女子も、まぁ、いいや！で終わらせなかったッスね」

「そ、そう、かな？」

「ねぇねぇ！　ちなみに、どっちがどっちに、なんて呼ばせようとしたの？」

「……正直に言っていい？」

「……あっ、これ、真綾が悪いヤツじゃ……」

「待って、杏！　それは少し判決が早いと思う！」

「で、どうなんッスか？」

「まずわたしが相手に」

「真綾、有罪、閉廷、終わり！」

「待ってください芽衣裁判長！　まだ冒頭陳述さえ終わっていません！」

「続けても無駄でしょ、まぁ、暇だからいいけど」

「…………ぁ、えっと、お姉ちゃん、って呼ばせようとしました」

「検察官の琴葉」

「えっ？　検察ってことは刑事裁判？　民事裁判じゃなくて？」

「とてもマニアックです。議論の余地はないです」

「もしかして客観的に見たらホントはそうなの⁉」

「弁護人の萌花」

「頼むよ、萌花！」

「いやぁ、本気で弁護してほしいと思ってるんッスか？」

「諦めないで！」

「無理ッスよ！　相手が誰であろうとお姉ちゃん呼びの強制って、普通はハズイッスよ！　年を考えてくださいッス！」

「それは相手との関係にもよると思う！」

「いや、正論なんだけど……この劣勢で、よくそんな切り返し思い付いたね。あたし、正直ビックリしている」

「でもでも！　よほどの関係じゃないと、お姉ちゃんなんて呼ばせられなくない？」

「一緒にお風呂にも入ったし、添い寝もしたよね」

「ふぅん？　それでホントにてぇてぇ関係を否定する気あんの？」

「百合を否定するわけじゃないけど、わたしが好きなのは男の子だよ⁉」

「琴葉は極端だけど、って言っても、う～ん……修学旅行や温泉でもないのに、一緒にお風呂はないでしょ……」

流石、芽衣……。

クラスに一人はいる、ホントにまったく勉強していないのに、なぜかけっこうテストで点が取れるメチャクチャ要領のいい同級生なことだけはある！

「実はこの前、泊まりにきた中三の従妹と、まぁ、うん、少しケンカしちゃって」

「ウソだ！」

「ええ……」

「本気で呆れられたッス……。ってことはウソじゃないッスね……」

「萌花？　友達に鎌をかけるのはダメだからね？」

「はいッス」

杏が諭してくれたけど、萌花はたまに謎のリアクションをするから一番侮れない。

だからみんなから取り扱い危険少女なんて言われているわけだし……。

「でも、あれでしょ？」

芽衣がマニキュアを確認しながら言う。

「真綾だって、他の人が相手なら、そういうことで泣くまでケンカしないでしょ？」

「まぁ、その子だからっていうのはあるけど……」

「だったら仲直りするしか選択肢なくない？」

「芽衣……」

そうだよね。わたしはまだ、修一郎くんと結ばれることを諦めたわけじゃないんだし。

確かにわたしたちの関係は珍しくて、みんなにもヒミツにしている。

なにより、修一郎くん本人にも思うところはあると思う。

だからこそ、逆に、なおのこと頑張らないと。

「ただ、少し難しい問題かもしれないよね」

「えっ、杏、なんでなんで？　ゴメンなさいすればいいだけじゃないの？」

「やれやれ、わかってないッスねぇ、理穂は」

「そういう態度を取るってことは、逆に萌花もわかってないよね⁉」

　すると萌花は小さく息を吐いた。

　意図的かどうかはわからないけど、それでみんなの視線が萌花に集中する。

「相手が自分のことをお姉ちゃんって呼んでも、一応おかしくない。そういう関係だからこそ、理屈の上では、みんなの言うとおり、呼び方なんてどーでもいい。真綾も正しいし相手も正しい。ってことは、あとは全てが好みで決まる感情論の殴り合いッスよ」

「「「「…………」」」」

「ん？　なんか変なこと言ったッスか？」

「いや……、うん……、大丈夫だよ。わたしもそう思うし」

「たまに、萌花はちゃんと話の内容を理解しているよね……、あたしや芽衣よりも」

「わかっていないのが私だけだった件について」

「大丈夫、うちもだ」

「まぁ、結局さ？　これって萌花の言うように、お姉ちゃんって呼んで！　イヤだ！　むしろ呼ばない！　どうして⁉　って押し問答でしょ？　プライムのアニメで見たことあるよ？　だからこそ、その相手とゆっくり話し合うしかないって」

　やっぱり、芽衣の言うとおりだよね。

　どっちみち、仲直りするためには顔をあわせないといけない。

それに、修一郎くんとは同棲(どうせい)しているんだから、いつかは絶対に顔をあわせる。

けど、なんて話しかければいいんだろう?

また姉弟ゲンカしちゃったらどうしよう?

会う回数は同じでも、お喋(しゃべ)りする回数は減っちゃうのかな……?

一緒にいる時間も、減っちゃうのかなぁ……?

勇気を出せない誘い受けはわたしの方なのに……。

それはすごく、寂しい……。

「ふむふむ、真綾がそこまで暗い顔をするってことは、相当ギクシャクしてるんだね」

言うと、理穂がわたしにミルクココアを渡してきた。

そしてすかさず琴葉が言う。

「こちらのお客様からです」

「オレの奢(おご)りさ」

「いや、ここ、バーじゃないから。スイパラだから」

ほら、隣のカップルに笑われたじゃん。カノジョの方は「陽奈(ひな)、少し……」なんてカレシに曖昧に注意されるぐらい、笑いを堪(こら)えているし。

……ありがたくもらうけど。

「さて、そろそろ七時だし帰ろうか。頑張ってね、真綾」

「杏？」

「琴葉の言うとおりギクシャクしているんだろうけど、まずは怖さを克服しないとね。案外、真綾の方が足りていないのかもしれないよ」

「なにが？」

「情熱、かな」

「――――」

ああ、そっか。

わたしは修一郎くんのことが優しいから好きだ。

それにウソ偽りはない。

彼にならば初めてを捧げられるし、すごく見栄っ張りだけど、家庭を持つなら、彼以外ありえない。

でもその見栄っ張りな部分って、隠したいモノがあるから生まれたんだよね？

もしその隠したいモノが杏の言うように、なにがなんでも仲良くなってやるっていう、そんな本人にバレたら照れくさくて、泥くさいモノだったなら――、
嬉しいのに、少し不安で、劣等感もあって、修一郎くんの方がお日様みたいで――、

「……わたしの方が、釣り合ってないよね」

第一〇話　どこからどう考えても、問題がないわけがない！

驚愕すべきことに、真綾との冷戦開始から二週間が経った。

俺は今、自宅のベランダにて、風呂で熱くなりすぎた身体を夜風に晒して涼めている。

今はすでに夜になれば虫の音が聞こえ、仙台でも日中は三〇度を超す七月だ。

「夏休み前……もう少しで、あれから一年が経つのか」

ここまで冷戦が長引いている理由なら、自分なりに推測し終わっている。

先週、俺が夕食当番だった夜、真綾は友達と夕食をすませてしまっていたらしい。

しかし、その旨の連絡は届いていたし、俺はそれ自体を咎めたかったわけではない。

ただ、それで両者が仲直りのために対面する機会を一回失った。少なくとも俺の立場で言えば、それも事実だった。

なにを話せばいいか、ますますわからない。

だからだろう。

真綾は友達と外食している間に、本格的に、なにかネガティブなことを決めてしまった。

そう怯え、翌日には自分の方も外食なんてしてしまったのだ。

「久しぶりに一人でラーメンなんて食べたが……物足りなかったな」

味は濃いし、口当たりも極めてコッテリ。

極厚チャーシューと黒マー油マシマシのスープは、ただの食べる脂肪と飲む塩分だ。

いや、もとよりそういう食事を求めていたし、実際に食べたら普通に美味かったが――、

「いくら俺でも大袈裟だが――大切なモノは失って初めて気付くという言葉は、想像以上に、みんなの身近に、いつでも突き刺さるモノなのか」

まだ、諦めたわけではない。

だが間違いなく、状況は絶望的だ。

第一に、俺は母子家庭でイジメられて、そいつらとケンカしたことは、確かにあった。

しかし、友達だからこそ起きるケンカなんて、生まれて一度もしたことがない。

要は年甲斐もなく情けない限りだが、他人と仲直りをする、という経験が一切ない。

これは特に致命的だろう。

第二に、これは端的に言えば先延ばしの状態に突入している。俺も、恐らく真綾も。

問題があることなど、重々承知している。

だが、突破口が見付からないのも事実だ。

不幸中の幸い、俺と真綾は同じ家で暮らしているのだ。

互いになにもせずとも、緩やかに話す機会が増えて、状況が改善する可能性は高い。

「だが、それではダメだ」

それは状況が改善したのであって、問題が解決したわけではない。

見て見ぬふりを暗黙のうちに了解し合って、ただ放置するだけだ。

そんなことを、仲が進展したなんて言わない……ッッ！

我ながら愚かなことに、なぜそれを許せないのか言葉にできないのが煩わしい。

だが、これを譲ったら――、
真綾が仲良くしたいと思ってくれた柘原修一郎のプライドが、一つ欠ける。

――そんな、直感にも等しい確信があるのだ。

無論、なにもかも間違えない人間なんて、この世界にはいない。

それは俺にだって理解できる。

だが極力、失敗しないに越したことはない、そのはずなんだ……。

「ただ、だとしてもどうすれば……。キッカケと言うと受け身な印象が強いが、なにか、コミュニケーションの切り口さえ見付けられれば……」

湯冷めの予感を覚え部屋に戻り窓とカーテンを閉めると、とあることを思い出した。

『恋愛にも使える脳神経科学』も含め、雑誌や書籍が本棚にまだあったはずだ。

俺はそれら全てをデスクの上に移動させて、イスに深く腰かけ、どこか憂鬱な気分でページをめくる。

「――――あっ」

成功しやすいデートの誘い方。
女子は男子のこういう言動を評価対象にしている。
会話が下手なのは問題ではない。沈黙しても問題ない作戦を用意しろ。
清潔感のあるファッションはどういう物か？
そして――告白するならここがいい。
どのページを読んでも既知の情報しか出てこない。
そして、それを上手く実践できるようになる未知の情報も出てこない。
あぁ、そうだな。これと勉強を、同一視する気はない。
だがそれでも、参考書を解き続けただけでは決して解決しない問題が、世界にはある。
いや、当然と言っても過言ではないほど、そちらの方が多い。
ロジックがすでにあっても、それを実践するのは人なんだ。
俺だって、それに気付いていなかったわけではない。
告白する人に勇気が備わっていることは前提に過ぎない。

事実、ここにある全ての情報も、それを前提に書かれていた。

そう。

実際に俺はこれらを読んで、告白しようとしてもできなくて――。

――そして今も、なにも行動できないまま、いつか行動できた時に備えている。

「――――バカか、俺は……ッッ」

苛立ち（いらだち）を覚える。

だが、それは思い通りにならない現実に対してではない。

現実が進み続けてもまるで成長していない、俺自身に対してだ！

俺は他人に想い（おもい）を伝えるのが致命的に苦手だ。

恋愛感情に限った話ではない。喜怒哀楽の全てを、俺は他人に、自ら積極的に明かそうとは考えられない。

言葉を他人に否定されることに、俺は躊躇い（ためらい）を覚えるんだ。

拒絶されるぐらいなら、適当に相手に合わせる。

それが困難な場合、相手を遠ざける。

相手を遠ざけるために自ら離れて、他人と関わらない方が楽と認識することも多い。

俺はどこまで行っても、そういうすかした上辺だけの人間なんだろう。

とはいえ、他人と関わらないことが楽なのも、揺るぎようのない事実だ。
いや、いつの間にか事実になってしまった。
だが、そう考えるようになったのには理由がある。
拒絶されたら、その時間を無駄にしたことになるからだ。
誰しも一度は抱く感覚だろう。
無駄な時間を過ごすことになるぐらいなら、不必要なやり取りなんてすべきではない。
人間なら一度は辿り着く考えのはずだ。
しかしその上で、一般的にはすぐに霧散するはずの捻くれた価値観だ。
とはいえ、まぁ、根本的に直す方法もないだろう。
それがどんなに歪曲した代物でも、感受性を変えろなんて、人間には不可能だ。
だが――、
しかし――、
「それでも、同じ失敗を何度も繰り返すつもりはない……ッッ！」
なぜ俺は真綾を好きになったのか？
理由は一つではないし、その時々によって、言い方も変わるだろう。
だから、今はこれを、こう明かす。

『少しぐらい個性的でも、結局さ、男の子は優しいのが一番だと思う！』

この言葉がすごく嬉しかったから、俺は真綾を好きになった。

これが優しいウソだったとしても、今さらこの感情をなかったことにはできない！

あぁ、正直、相手によって反応を変えるのは、人間として健全だと思う。

だからこそ、俺にとって、たった一人の特別な女の子だけには、それを伝えたい。

他人の自分とは違うところを受け止めることができて、だが、一番大切なところだけは見間違えない真綾だけには――、

「キッカケを探すのは、もう終わりだ」

全ての書籍を、俺は本棚に戻さないといけない。

頭でっかちは卒業するんだ。

数多の本をしまいながら、振り返る。

以前も、キッカケを探し続けた。

告白はする。

だから――いや――だけど万難は排しておく。

そう考えていた。

この世界に、変わらないモノなどなにもない。

それに気付こうとしないまま、次の機会があるなんて、そんななんの保証もない幻想を妄信した。

挙句の果てには、ただひたすらに完璧ではない、そんな塵芥(ゴミ)にも劣るほどの言い訳を残し続けて撤退してきた。

「……ッッ、だけど、そうやって辿り着いたのは結局、告白するチャンスではなかった！告白しなければならないピンチだった……ッッ！」

この上なく物分かりが悪かったようだが、ようやく理解した！

あの時、恐怖に屈して立ち竦(たちすく)んだことは重要ではない！

キッカケがなければ、なにも動かないことの方が問題だったんだ！

そして今ここに、俺は全ての本を片付け終える。

嗚呼(ああ)、俺にもようやく、多少は身に付いたということだろう。

『焦燥感』

我ながら陳腐な表現で、答えだと思う。

だがそれでも、恐怖を超えるほどの勇気の正体は、これだったのか。

――なら、今度こそ状況を、正確に整理する。

俺は真綾と仲良くなりたいし、真綾も俺と仲良くなりたい。

互いにその気持ちが強すぎるからこそ、相手のやり方が認められず口論に発展した。

そして残っているのは理論もなにもない、全てが好みで決まる感情論の殴り合いだ。

メリットやデメリット、コストやリスクを天秤に載せることさえできない。

その上、このぎこちない状態が日常になりつつあるのもマイナス要素だろう。

ジャスト一週間前にも、一度確定した関係を破壊するには、想像を絶する覚悟と努力が必要だ。なんて、そのように考えた。

そして今、その障壁を越えるために、覚悟と努力、そして勇気なんて、俺には似つかわしくない熱いモノが必要不可欠だと自覚できる。

フッ、これはどこからどう考えても――、

「問題がないわけがない！　だからこそ、作戦開始だ！」

◇◆◇◆

数十分後、お風呂上がりの真綾がドライヤーを使う音が、隣の部屋から聞こえてきた。

それが止まった瞬間、俺は行動を起こすために彼女の部屋に突撃を仕掛ける。

「真綾！」

「ひゃい！」

ドアを開けたあとに気付いたが、ノックしないのは流石に失礼だっただろう。

だが、今はその程度のことを気にしている余裕はない。

「髪、乾かし終わったか？」

「――ぇ？　ぁ、う、うん……。大丈夫だよ」

ベッドの上で体育座りをしていたが、どうもなにかがしっくりこなかったらしい。真綾は女の子座りに移行して、落ち着かなそうに髪を指先で弄り始めた。

「それは実に都合がいい。一緒にきてもらおうか。異論は認めん」

「――は、はぃ」

「自分で言うのも筋違いだが、行き先を訊かなくてもいいのか？」

「まぁ、うん、訊かないよ」

「そうか」

「わかるもん、どんな用事か」

「――よし、では湯冷めしないように、準備ができたら下りてきてほしい。あまり、母さんたちに聞かれるわけにはいかない」

「うん、了解、少しだけ、待っていてほしいな」

そう言われて、俺は素直に部屋を出て、階段を下り、玄関で待つことにした。

すると五分程度経った頃に真綾も下りてきて、母さんたちには内緒で家を出る。

そして適当に家の近くの公園に向かっている途中のこと、ふと、真綾が俺のシャツの裾を心細そうに摘まんできた。

「怖いのか？」

「そりゃ、明かりがあって、住宅街でも、夜だし。わたしだって、女の子だし」

言われると、俺は真綾の今の服装を改めて確認した。

本当にシンプルなキャミソールとブラックのショートパンツ。キャミソールの上からは半袖のパーカーを羽織って、足にはコンフォートサンダルを履いている。

「だったら、そんな安定性が欠落しているところを摘まむな」

「――――あっ」

俺は真綾の手を、相手の意思も確認せずに勝手に握った。

「今夜は、強引だね」

「そうならなければならない理由がある」

「危ない人が出たら、守ってくれる？」

「突然襲い掛かってくる不審者を撃退するのは現実的ではない」

「そこはウソでも頷(うなず)こうよぉ」

「だが、仮に不審者が現れたら、近所迷惑上等で大声を出す。それでも無理なら、仮に死んでも俺が真綾を逃がす。命懸けなら、その時間ぐらいは稼げるだろう」

「え～、なにそれ。もぉ、修一郎くんが言うと、冗談に聞こえないなぁ」

「冗談を言っているつもりがないからな。流石に、逃げたあとは警察を呼んでほしいが」

「――――んっ、ホントに、そういうところ、天然だと思う……」

真綾がなにかをねだるように、勝手に握ってきた俺の手を、握り返してくれた。

そして一歩俺の方に近付いて肩が触れ合うような距離になると、恐らくは意図的に、腕や肩で触れてくる。

「俺も少しずつそんな気がしてきたが……あれだ。残念ながらどうも天然ゆえに、どこが天然なのか見当さえ付かない。困ったものだ」

「他の人を困らせたらダメだし、わたしだけにしてね？　天然なこと、言っちゃうの」

「善処しよう」

そこで家の近くの公園に到着した。

この熱帯夜にジョギングをしている人が何人かいたが、些末(さまつ)なことだ。

「真綾」

「は、っ、はい！」

俺はそこで、勝手に繋いだ手を勝手に離した。

自己中心的極まりないが、もう一度、俺と真綾が手を繋げるかは、俺の行動次第だ。

憂慮に値する展開は膨大に存在する。

だが、あえてもう、考えない。

それはもう、終わらせてきた。

だからあとは、今どき小学生でも好まない勇気なんて言葉に、中身を伴わせるだけだ。

どのように作戦を練ってアプローチしても――、

どのように綺麗な理論でアピールしても――、

もしも最終的に、俺が望んだとおりの――、

成功を約束されたシチュエーションに辿り着いたとしても――、

――結局、それが欠けていたら意味がない、そう感じたからだ。

「――俺は真綾のやり方を認められない。不本意だが、ケンカを続行するぞ」

◇
◆
◇
◆

「えっと……その話、蒸し返しちゃうの？」

「悪いが、俺にとってはそれが当然な状況となった」

「あまりこういうことを言いたくないけど……あとでまた、モヤモヤすると思う」

「気にすることはない。お互い様だ」

どうも俺の返事が気に食わなかったらしい。

真綾は恨みがましそうに、小さく眉根を寄せて俺を睨んだ。

「むっ、自分が耐えられるから相手も絶対に同じ、って、修一郎くんらしくないと思う」

「そんなことはない」

「わたし、修一郎くんへの観察眼には自信あるんだけどなぁ」

「言っておくが、対人関係において、俺のメンタルの耐久性はボロ炭のように脆い。特に真綾とは普段傷付け合うことがないだけに、一度始まれば、その瞬間に自壊も始まる」

「えっ⁉　そっち⁉」

「そう、そっちだ」

「ええ……」

「とはいえ、俺らしくないと言われれば、そうかもしれないな」

人間は各々、許容できることとできないことに違いがある。

そして許容できる人たちの中にも、程度の差が存在して然るべきだ。

「確認だが、真綾の方は今後も、呼び方はどうであれ、俺と仲良くしたいか？」

「当たり前だよ♪　だからこの話はおしまいです。もぉ、修一郎くんはＫＹだと思う。久しぶりにこんな単語使ったよ」

「ならば、空気を読めていないことを承知で言わせてもらう。真綾、それは戦略的撤退ではない。ただ目の前の光景から逃げているだけだ」

その刹那、真綾の目が鋭さを増した。

真綾だって一人の心を持った女の子だ。非難されれば苛立ちもするだろう。

「修一郎くんが、それを言うの……っ？」

「あぁ、俺も真綾のことを言えない。戦略的撤退や現状維持。そんな聞き心地のいい言葉でラッピングして、逃げたという事実からも目を背けた」

「それは、っ、普通のことだよ……。修一郎くんが大袈裟なだけで、みんな、していることだよ……。友達なら、咎めないから、咎めない方がいいと思う……」

「イヤだな！　悪いがそれはできない相談だ！」

「……なんで？」

「愚問だな。プライドが許さなかった。理由はそれだけで充分だろう？」

「普通の人は……っ、親友とケンカした時、そんな理由だけじゃ充分じゃないと思う！」

「さて、俺の方も明言しておこう。俺だって、真綾とは今後も仲良くしたい。その気持ちは、真綾と同じはずだ」

「だったら――」

「だからこそ、わだかまりなんて、残しておくべきではない！」

「………っっ」

やたら強く言ってしまったが、後悔はない。

翻り真綾の方が、つい数秒前に鋭くした目を早くも揺らした。

真綾の方が友達は多いからな。

誰かに文句があっても、関係にヒビが入ることを恐れ、自らの気持ちにウソを吐く。そういう過去も、一度や二度ではないだろう。

「少なくとも俺は不満だな。これから先、真綾とデートしたり、家で遊んだりしている時、ふと今回のことが脳裏をよぎって、引きずったままの過去に気分を落ち込ませるなんて。

あいにくと、俺にそんな退廃的な趣味はない！」

「わたしだって、ホントはそうだもん……ッッ！　せっかく修一郎くんと一緒の家に暮らすことになったんだよ？　一緒に過ごせる時間がすごく増えたんだよ？　縁側で寄り添いながら日向ぼっこしたり、わたしの部屋で、二人で音楽を聞きながら、ウトウトしたり、……ッッ、まだまだ二人で叶えたいことが、全然減ってない！」

一瞬だけ真綾のテンションが頂点に達したが、落差は次の刹那に姿を見せた。

静かに、しかし確かに、真綾は物憂げな表情になってしまい、心情を吐露する。

「わたしも……、絶対イヤだよ。隣に修一郎くんがいるのに、いつか今を思い出して、そういえば、あのケンカ、まだ放置していたなぁ……って、後悔しちゃうのは……」

「あぁ、俺も同じだ」

真綾が黙り、結果として、俺が一拍置いて続きの言葉を紡いだ。

「そして、だからこうして、ここに立つことを決めた」

「わたしにも、ね……経験あるよ？　今みたいに、友達とケンカしちゃって……、でも、うやむやに終わらせちゃって……、ケンカしたことを触れちゃいけないことにして、いつの間にか、友達を、友達の友達にしちゃったことが……」

「あぁ、俺なんかよりも、よほど多いんだろうな……」

「でね？　ここで修一郎くんに質問。なんでそうなるってわかっていたのに、小学生とかは、本気でぶつかり合わず、うやむやで終わらせるしかないと思う？」

「俺でもわかる。より傷付かないために、最低限の犠牲で済ませようとするからだ」

この程度の計算は俺ではなくても、誰であろうとやっている。

自覚がなくとも、無意識のうちに。

「正解。……だからね？　流石に高校二年生にもなれば、みんな、そもそも滅多に口喧嘩なんてしないように立ち回るんだよ」

「それは俺にも想像が付く」

「それでも修一郎くんは、わたしと向き合うの？」

「無論だ。俺は真綾から、もう目を逸らさない」

「なっ!?　ふぇ、あっ、うぅ、〜〜〜っっ、バカぁ……。今、そういうこと言う必要、ないと思う……」

真剣ではあるが甘酸っぱい話し合いの最中、どうも冷静になってしまったのだろう。

真綾は顔を赤らめて、髪を弄りながら目を背ける。

「そして真綾も理解していると思うが……俺たちの関係を姉弟と呼ぶか否か。これは互いのこだわりの問題だ。ただの感情論に発展するだろうな」

「それは、わかるけど、むぅ……」

「だから最初に、俺から、どうしてもこれだけは伝えたいということを、伝えておく」

考えるな、感じろ。

言いたいことを、そのまま真綾に言えばいい。

「俺は真綾と学校の外で初めて会ったあの日、少しぐらい個性的でも、結局さ、男の子は優しいのが一番だと思う、そう言われたのが嬉しかった」

「それが、最初に言っておくこと、なの？」

「あぁ、そのとおりだ！　この言葉があるから！　他人と違うことは悪ではなく、それよりも大切なモノがあると知っている女の子だから！　柘原修一郎は佐藤真綾となら、互いに言いたいことが尽き果てるまで、カッコ悪く争い合っても問題ないと判断した！」

これが開戦の号砲だ。いつ終わるのかは神のみぞ知る。

それを無事に伝え終えると、真綾が距離を詰め、俺の目の前に立った。

そしてなぜか、唐突にも限度があるのに、真綾は俺のことを抱きしめてくる。

「これでもう、逃げられないね」

「………っ、クッ、好きにするがいい！　もとより、俺はもう逃げはしない！　そう決めていた！」

「──わたし、嬉しかったんだよ？　修一郎くんと、一緒に暮らせるようになることが。ゲームをする時間も、ただお喋り（しゃべ）りするだけの時間も、静かに寄り添って読書する時間も、絶対に増えるんだ、って！　もっとキミの近くで過ごしてもいいんだ、って！　修一郎くんは、違うの？」

「嬉しくなかったわけではない！　ただ、それ以上に嫌われたくないと思った！　確かに俺たちは親友だ。だが、それだけではどうしようもない壁は存在する！　どんなに強固な絆（きずな）で結ばれていようとも、同じ家に、もとは家族ではなかった異性がいれば、絶対に不安だろう。そう考えて、自分からは以前よりも、迂闊（うかつ）に真綾に近付けなくなったのだ！」

「それは、相手にもよると思う！」

「同感だ！　相手が真綾だからこそ、他の誰よりも大切にしたいと考えたんだ！」

「それは修一郎くんの勘違いです！」

「なん……だと……？」

「わたしは修一郎くんが隣の部屋どころか、真横で眠っていても、不安にはならないよ！　だって実際に添い寝したもん！　もしかして、目が腐っていてわからなかった⁉　わたしを、前よりももっと信じてよ！」

「ぐっ、わかった……、信じよう」

「それにこれって、お姉ちゃんとしての義務感とか、全然そういうモノじゃないんだよ！　シンプルに佐藤真綾としてそれを望んだの！」

「バカな⁉　あれだけ姉の立場に固執して、その結果が、アレか⁉」

「まぁね！　仲良くなる最高のチャンスが巡ってきた！　手段なんて選んでいられなかった！　だから、お姉ちゃんとしての立場を利用することにしたんだよ！　だって一番、手軽なのに、なににでも使えて、効果も抜群だったから！」

「見事に俺と逆というわけか……ッッ」

「逆？」

「一つ間違っただけで関係が終わる！　そんな絶望的な窮地に立たされたのだ！　ゆえに真綾がなにか仕掛けてきても、普通の弟であることを心掛けるようにした！　非常に特殊な条件下だ！　慎重になり、無難に全てを受け流すのが定石のはずだ！」

「それって、さぁ！　わたしたち、なにも変わっていなかったのに、仲良くなるのを難しくしていなかった⁉」

「意見自体には反論はしない！　しかし真綾だって、積み重ねたモノを失ったわけでもないのに、急にやり方を変えただろう？　これは間違いなくお互い様だ！」

「そうだけど……っ、そうなんだけど……っ、っていうか、これ！　このままだと、早くも前と同じ終わり方をしちゃって、さぁ――」

「しない、断言できる」

手が震えて、足も竦む。

だが不幸中の幸い、そんな無様なところは、真綾の視界には入っていない。

今ならもう、許されるだろう。

信じてよ、と、言われた。

俺はそれに、肯定で返した。

だから――っ！

「――ふぇ⁉」

「チッ、我ながら怠慢にも限度があるが、今の俺には、まだ真綾に言葉で伝えられないことが膨大にある……」

「――修一郎くん、抱きしめて、くれて――」

「理由がどうであれ、真綾があんなに非常識に絡んでくるのだ……。知ってのとおり、反論したし、反発もした……っ。だけど――ッッ」

「う、ぅん」

「それでも、俺の方から触れてみたかったのも本心なんだ！」

そういえば、初めてかもしれないな。

俺の方から真綾を、こうやって抱きしめることができたのは。

それどころか、こうして誰かに、好意を真っ直ぐ伝えることができたのも。

まぁ、どんなにカッコつけて納得していても、所詮はクラスで浮いているボッチだ。

初めてでここまで頑張れたことを、上出来としておこう。

「ウソ、じゃ、ないよね……？」

「あぁ、実際に、こうしているだろう？　これでもまだ、信じてくれないか？」

「──そういうカウンター、ズルいと思う」

「普段、真綾が俺にしていることだろ。キリッ、なんて効果音を自分で言って」

強く抱きしめたら、ガラスのように壊れてしまう。

どうもそう感じてしまうのだが、それでも、真綾のことを強く抱きしめる。

すると真綾は、俺の腕の中で猫のように、くすぐったそうに身じろぎした。

「────んっ」

「真綾？」

「お互い、さ？　仲良くなりたくても、相手のこと、見てなかったのかもしれないね」

「ことがここに及んでようやく、ちゃんと相手の言葉に、耳を傾け合ったからな」

「修一郎くん、ゴメンね？」

「これを言うのは何度目になるかもう忘れたが、お互い様だ。俺の方こそ、悪かったと思っている」

「それもあるけど、それとは別にね？」

「他になにかあったか？」

「修一郎くんはお互い様って言ってくれたけどね？　わたしの方が一個だけ多く、迷惑をかけちゃった」

「……本当にわからない」

「今回のこと、わたしはうやむやにしようと思っていた。わだかまりが残っても、それは必要な損切りなんだ、って」

「意外に冷たいな」

「意外に熱い修一郎くんと比べたらね。でも、キチンとケンカして、言いたいことを言い合って、良かった。修一郎くんに、ハグまでされちゃったし」

「俺が女性を抱きしめて懐柔した、みたいな言い方はやめていただこうか……」

「事実なんだよねぇ、これが」

不本意なこと、この上ない感想だな。

俺にそんな女タラシのような所業、できるわけがないというのに。

「とはいえ、これで心置きなく接することができるな」

「────んっ」

嗚呼、そうか。

結果が全てなんてうそぶきながら、これも逆だったたか。

これまで形式上ではなく、本当に真綾が姉になってしまうということに、俺は抗おうとしていた。

それは裏を返せば、俺が弟になるということだというのに、気が付かないまま。

それがイヤだったというだけで結局、姉弟になることにこだわっていたのは俺の方か。

プライドが邪魔していなければ、常識の範囲内だとしても、弟として甘える、そんな手段を選べていたのかもしれない。

認めよう。

過程に固執して、勇気が持てず、行動を起こせなかったのは俺の方だ。

「──真綾は、一番コンスタントで、汎用性があり、効果も期待できるから、姉という立場に頼った。相違ないな？」

「うん。で、修一郎くんの方は、わたしと仲良くしたかったからこそ、お姉ちゃんからのスキンシップを避けたかったんだよね？　それだけは、認められないんだよね？」

「そうだな。なら——」

「曜日ごとで相手に付き合うとか、学校と家でスキンシップを切り替えるとか、そういう解決方法でいいんじゃないかな？」

「あれだけ捻じれてしまっていた状況が、こうも呆気なく解消されるとは……」

仲直りのクライマックスとしては、いささかカタルシスに欠けるとは思う。

無論、行動が報われただけでも御の字ではあるがな……。

「それでいいと思うよ、わたしは」

「ちなみに、理由は？」

「修一郎くんがわたしに伝えてくれたことでしょ？　二人で出した答えが、アッサリしていても関係ない。本当に大切なのは、向かい合おうっていう気持ちなんだ、って」

言うと、真綾は再度、強く、強く、俺のことを抱きしめる。

しかも今度は俺の胸部に顔をスリスリしてきた。

「まぁ、向かい合わないと、どれほど簡単な問題でも解決しないからな」

思わず、俺は真綾の頭を撫でる。

なにかを理由にするつもりはない。俺がそうしたかったから、そうしたんだ。

そして真綾も、それを許してくれる。

拒絶されるようなことはない。

俺の視野がまだ狭いだけで、話し合えばすぐに解決するような問題は多くあるのだろう。

もちろん、それが全てではない。

けど、それでも――、

――真綾となら、これから先も大丈夫。これだけはきっと、間違っていないはずだ。

○●○●

修一郎くんの腕の中で、わたしは正直、このまま眠ってしまいたかった。

別に睡魔が襲ってきたわけではない。

それに、ホントに眠っちゃったら、抱きしめられている感触がなくなるから困る。

眠ってしまいたかった、なんて言うと語弊があるけど、さ。

少なくとも修一郎くんとは、これからもずっと、いつまでも一緒にいたいよね。

だからと言って、混浴したり、添い寝までしたりしちゃうのは、もう控えるけどね。修一郎くんが望まないなら、自分からは。

反省しなくちゃね。

結果だけを気にして、ワガママで、その行動で相手を困らせていたのは、むしろわたしの方だったんだ。

正直、暴走をするのがわたしだったなんて、六月の時点では思ってもいなかったな。

それでも、手探り状態だけど——、

——一つずつ、二人でできることを、これから無限に増やせていけたら嬉しいよね。

今、すごく頭の中がお花畑だけど、それでも、よかったと思う。

確かに、互いに相手のことを考える余裕がなかったのは、事実かもしれない。

そして、わたしはそれをうやむやにしようとした。

けど、修一郎くんはそれを認めずに、ケンカしたのに、結果的にわだかまりをなくしてくれた。しかもプライドが許さなかった、なんて、他の女の子が聞いたら、開いた口が塞がらないような理由で。

おかげでわたしだって、修一郎くんと心置きなくイチャイチャできる。

わたしにとって都合がよくて、調子のいい話だと思うけど——それでも、やっぱり、よかったと思う。

他のどんな男の子でもなく、生まれて初めて好きになった男の子が、修一郎くんで。

修一郎くん、大好き。
まだ恥ずかしくて言葉にできないけど——いつかわたしを、お嫁さんにしてください。

エピローグ

「昨日あれだけドラマチックなことしたのに、今日も普通に学校なんだよねぇ」

「正直、二人でサボりたい気分ではあるがな……」

「ふふっ、実はわたしも」

家から最寄り駅を目指して二人で歩く。

春が終わり、梅雨も明けて、いよいよ高校生活で二度目の夏がやってきた。

もう七月も中旬だけど朝は少し涼やかで、吹き抜ける爽やかな風が気持ちいい。

「ハァ、学校だと、やはり周りの目があるからな」

「早く放課後になってほしいよね？　家には誰もいないんだし」

隣にいるのは初恋の相手であり、一番の親友であり、最愛の家族。

そんな相手と仲睦まじく並んで一緒に登校している。

こんなにも恵まれた恋愛が、幸せじゃないわけがない。

心地よい緊張で心臓が早鐘を打っているのに、それがまるでイヤではなかった。

「仲良くなるためならエッチなこと、少しはしてもいいよ？」

「そういうことはしないが、流石にもう、距離を置こうとは思わないから安心してくれ」

「それはそれで嬉しいけど、そこまで頑なだと、男の子として逆に不健全じゃない？」

「少なくとも俺は今、これだけで満足だ」

「――――ぁ、うん」

手と手を繋ぎ、そこから伝わる相手の温もりを、とても愛おしく感じる。

ウソ偽りなく、この瞬間が永遠に続けばいいと思った。

だけどこの瞬間が永遠に続けば、これ以上の幸せを望めないこともわかっていた。

だからもう、関係が壊れることに怯え続ける関係は終わりにしよう。

今日からは、どんなにケンカしても、必ず仲直りできる関係を二人で目指し始める。

「夏休み、真綾はクラスメイトと遊ぶんだよな？」

「あっ、なになに？　寂しいの？」

「勘違いするな。俺と遊ぶ時間と被らないように、少しは知っておこうと考えたんだ」

「それを寂しいって言うんじゃないの？」

「フン、もしや真綾の方こそ、俺に寂しがってほしいのか？」

「えっ!?　いや、その、っ、～～～っ、ダメ？」

「……ダメとは一言も言っていない」

今のやり取りで自分の頬が赤らみ始めたことを自覚して、少し慌てて顔を逸らした。

だけど恐らく、向こうも同じように顔をあわせられない状態なのだろう。

そう考えればギリギリセーフかもしれない。

「――真綾」

「なぁに？」

「少し、なんか、その……照れくさいな」

「う、うん……。へ、変、だよね？　何回も手、繋いだことあるのに……」

「イヤ、か？」

「……イヤなんて、一言も言ってないよ？」

「そ、そうか……」

「むしろ、その……、うぅ」

「？　どうした？」

「もっと、繋がっていたい、かな？」

「～～～ッッ、流石に、暑苦しくないか？」

「でも、我慢、できないし……」

「まぁ、正直、俺もだが……」

繋いだ手をギュッと握ったら、ギュッと握り返してくれた。

「んっ、修一郎くん、汗、すごいかいてるね？」

「……いや、俺は汗なんてかかない。真綾の汗の可能性が高い」

柘原修一郎は形にこだわっていて、佐藤真綾は中身を気にする。

だけど、それは決して相容れないということではないと思う。

「〜〜〜っ、そう言われると、いくらわたしでも、恥ずかしい」

「それはつまり、先に言われた俺も恥ずかしかった、ということだ」

「やっぱり汗、かいてるよね？」

「……夏、だからな。不思議ではないだろう」

「――――うん、汗ばんでも、しょうがない、よね」

形に中身が伴えば、完全無欠のハッピーエンドということだ。

柘原修一郎が、戸籍上は佐藤修一郎になったように――、

――佐藤真綾が柘原真綾になればハッピーエンド、そんな答えに辿り着けた。

「は、っ、話を戻そう！　真綾、夏休みの予定は？」

「あっ、えっと……みんなで夏祭りとか海水浴とかに行くけど、ちゃんと修一郎くんと遊ぶ日も用意してるよ？」

「それはありがたい」

もちろん、最近は夫婦別姓などいろいろな話題があるけど——要するに、初志貫徹で結婚を目指すのがやはり一番だった、ということである。

「それで修一郎くんは——ゴメン、なんでもない」

「いや、そのリアクションは酷くないか⁉」

二人一緒なら、絶対に問題ない。

なぜかと言えばやはり昨日、正反対な二人でも、キチンと同じ結論に至れたからだ。

「で、っ、でも！　逆を言えばそれって、わたしの予定が空いている日は、毎日二人で遊べるってことだと思う！」

「そう言われればそのとおりだな」

「えへへ、修一郎くん、夏休み中はいっぱい遊ぼうね♡」

願わくは今も、隣で微笑む初恋の相手であり、一番の親友であり、最愛の家族であり、未来の恋人になってほしい相手が、同じことを考えていますように。

姉弟から夫婦になって、形にも想いにも満足して、二人で一つの家庭を持てることを、手を繋いで陽だまりを歩きながら祈っている。

プロローグ・オブ・ネクストエピソード

夏休み前日の放課後――、
仙台駅前にて、ロボットアニメのプラモやゲームのコントローラーなどを買ったあと、俺は家を目指してボ～っと電車に乗っていた。

夏休みに備え、少しは娯楽を用意しておきたいからな。

コントローラーについては、真綾がすでに本体を持っているし、自分専用のそれを買うだけでよかったのはありがたい。

「明日でちょうど一年か……」

ふと窓の外を見ると、とても綺麗な茜色の空が広がっていた。

夏の西日が瞳に映る全てを茜色に染め上げる。

そして夕日と仲良く並ぶように浮かぶ白い月。

東の空には少しずつ紫色が滲んできていた。

ちょうど駅に着く頃には幻想的で、センチメンタルなグラデーションが空一面に広がっているかもしれない。

「――もう着くな」

まぁ、仙台駅の隣の駅だからな。

帰宅ラッシュが始まりかけて、車内がかなり混雑している。

そんな満員電車一歩手前の状態で感傷に浸ろうとする方が間違って――、

「――ん？」

「…………っっ」

クラスメイトだったが、苗字は思い出せない。

だが視界の端に、よく真綾と喋っていて、真綾から杏と呼ばれている女子が映った。

そしてなぜか――普段からは想像もできないほど怯えていて、今にも泣きそうになっている。

身体を震わせて、カバンを胸の前で強く抱きしめて、少しでも縮こまろうと必死にさえなっていた。

恐怖で身動きが取れなくなっている、そう言っても過言ではない。

「真綾に、野暮用ができたことを伝えないとな」

スマホを取り出して――よし。

俺に正義感なんて人並みにしかないが、人一倍、プライドだけは高いからな。

俺は真綾に杏と呼ばれている女子に近付くと——、

「もうすぐ次の駅だし、痴漢には一緒に降りてもらおうか」

「はぁ⁉」

「————ふぇ？」

二〇代後半と思しきスーツを着た細身の男性、彼は俺に手首を摑まれると、声を裏返して動揺する。

そして相反するように、杏とやらは涙を目尻に浮かべ、気の抜けたような声を漏らした。

「おま、っ、ふざけんな！　今時そんな冗談が許されると思ってんのか！」

「冗談じゃなくて本気なら許されるだろうな」

「んな⁉」

「逆にお前こそ、今時痴漢なんて、許されると思っているのか？」

流石に周囲の乗客もザワめき、俺たちの周辺だけがポッカリ空き始めた。

杏はオロオロしながら向き合う俺と痴漢から一歩だけ引いている。

「お前ら同じ制服着てんじゃん！　どうせ二人で協力して冤罪で慰謝料もらおうとしてんだろ⁉　なぁ！　勘弁してくれ！　こっちは仕事で疲れてんだ！」

「どのような理由であれ、痴漢は犯罪だ」

「してねぇって言ってんだろ！　面白半分で他人の人生壊そうとすんじゃねぇよ！」

痴漢は俺相手だと分が悪いと思ったのか、俺の腕を払い、杏の方に向き直る。

「学校に苦情入れてやるからな！　お前らのせいで人生破滅しそうになった、って！」

「………ひっ」

「おい！　怖がっているだろ！」

杏は相当怯えて、まるで呼吸が上手くできないような悲鳴を漏らす。

そして、その時だった。

次の駅に着いて、ドアが開き、痴漢が逃走しようとしたのは。

「どけ！　帰る！　ホントに最悪だ！」

「………きゃ！」

体勢を崩しただけで転びはしなかったが、痴漢は杏を突き飛ばすとドアの方に向かう。

途中まではただの早歩きだったが、下車した瞬間に大きく走り出そうとしたので――、

「悪いが本当の最悪はこれからだ！」

――流石にムカついたので、タイミングをあわせ、背中から勢いよく突き飛ばした。

痴漢はやたら前のめりに危険な転び方をしたが、自業自得である。

タイミングはあわせたが、こいつの転倒は完全に偶然だ。

とはいえ、それでもそのまま背中に乗って、マンガの見様見真似だが腕の関節でも極めさせてもらおう。

「マジふざけんなお前！　離せ！」

「断る！　殴り合いになったら、俺に勝ち目はないからな！」

「離せ！　離せよ！　なんでオレが！　オレは悪くない！　なんで首突っ込むんだよ!?

女の前でカッコつけやがって！」

「カッコつけてなにが悪い？　カッコ悪い人間よりはマシのはずだ！」

○●○●

修一郎：野暮用ができて、少し帰るのが遅くなりそうだ。

修一郎：すまない。夕食には間に合うように善処する。

まあや：りょーかい！

まあや：美味しい料理作って待ってるから、早く帰ってきてね？

うぅ～、もぉ、これ完璧に新婚夫婦のやり取りじゃん……。

いや、こういう暗黙の新婚夫婦ムーブ、当然すごく好きなんだけど……こそばゆい。

それにしても、野暮用ってなんだろう？　また子猫ちゃんでも助けているのだろうか？

「明日でちょうど一年かぁ」

ふと、ベッドで寝転がりながら、無意識にも独り言が零れてしまった。

気持ちが、恋心が溢れんばかりの状態だからだと思う。

正直、去年のわたしに言っても信じてくれないよね。

わたしは近い未来に、クラスでボッチの修一郎くんを好きになるんだよ、って。

しかも本気で結婚したいとまで考えていて、一年後、同棲までしちゃうんだよ、って。

まぁ、でも、知っちゃったからね。

他のみんなが誰も知らない、修一郎くんのカッコイイところ。

「自慢したいけど、独り占めもしたいんだよね」

悩ましい。

仮にみんなに、実はわたし、柘原くんのことが好きなんだよね、って言ったとする。

その場合、やっぱりみんなは「柘原って……あの柘原⁉」って驚くと思う。

独り占めしたいくせに、わたしはみんなの前で修一郎くんとイチャイチャして、みんなの驚く顔が見たい。

「うわ～～っ！　修一郎くんのことが大好きすぎて、性格が悪くなっていると思う！」

これは酷い。自慢するけど奪っちゃダメなんて、性格が悪すぎる……。

でも、お日様の光に当たって、冷たい、なんて感じないように――、

――気持ちはウソを吐けないし、なかったことにはできないんだよね。

「………そういえば、今、お家にはわたしだけか……」

んっ、す、少しだけなら……大丈夫、かな？

その、まぁ、うん、修一郎くんのベッドでゴロゴロしてみても……。

別にエッチなことなんてしないし、少しだけ彼のベッドで寝てみたいだけだもん……。

「よし！」

ピンポーン！

「……うん、ゴロゴロしたあとに鳴らなくてよかったたって考えよう」

部屋を出て、階段を下り、リビングに入ってインターホンのパネルの前へ。

って……あれ？

てっきり、修一郎くんが鍵を失くしたから、インターホン鳴らしたのかと思ったけど
――、

「この子、誰？」

――パネルのディスプレイに映っているのは修一郎くんじゃなかった。

あどけなさの残る童顔だけど、擦れているというか、やさぐれている感じがある。

ウェーブのかかった金色のセミロング、その髪先を手持ち無沙汰に指でいじる姿は、守ってあげたい感が強い。

ディスプレイの向こう側にいたのはなぜか少し拗ねている、ちっちゃくて可愛らしい女の子だった。

「はい、佐藤です」

『あれ？　すみません。ここって、柘原修一郎の家であっていますか？』

なんでこの子、修一郎くんのことを知っているの？

自宅まで遊びにくるような友達、修一郎くんにはわたし以外、いないはずなのに。

「えっと……失礼ですがどちら様でしょうか？」

『あっ、アタシ、修一郎の……ええ、っと、幼馴染で、小野寺音羽と言います』

「幼馴染？　修一郎くんの？」

『えっ？　そうですけど……』

「おかしい、修一郎くんと仲のいい女の子は、わたし以外にいないはずなのに……」

『むっ……ここ、やっぱり修一郎の家であっていますよね？　こちらこそ失礼ですが、あなたこそ修一郎のなんなんですか？』

「修一郎くんの親友で、佐藤真綾と言います」

『いや、あいつがアタシ以外の女子と仲良くできるわけないでしょ』

その瞬間、なんかよくわからないけどわたしは確信を得た。

「……ホントに修一郎くんのことを知っている」

『……ウソ？　このやり取りが成立するの？』

「っ、す、少し待っていてください」

『あっ、はい』

リビングを出て廊下を進み、サンダルを履いてドアを開けた。

その瞬間、雲一つない茜色（あかねいろ）の空から降り差す夕日に、金色の髪が綺麗（きれい）に瞬（またた）く。

風に揺れるそれは、同性でも羨むほど丁寧に手入れされていてサラサラだった。

胸は慎（つつ）ましやかだったけど、身体は薄く、線も細く、やはり同性から見てもちっちゃくて可愛らしい。

ウエストの細さなんて憧れさえ抱き、小さいおしりも、どうすればそうなるの⁉　と小一時間は問い詰めたいレベルだ。

スレンダーな身体を最大限活（い）かすような、身体のラインが出やすいノースリーブの襟付きシャツ。

そして健康的でスラリと長く、滑らかで、日光を反射するのではないかと思うほど色白な生脚。それを惜しげもなく、いや、自慢するかのようなデニムのショートパンツ。

もしかして修一郎くんは、こういうスレンダーな女の子がタイプなのかなぁ……？

「えっと……修一郎くん、まだ帰ってきてないんで、待ってもらってもいいですか？」

「……お邪魔します。あっ、でも、その——」

「なんですか？」

「——なんで親友なのに、まるで家族みたいなことを言うんですか？」

改めて振り返ると、わたしもかなり大人げない反応をしたと思う。

けど、さっきのインターホン越しの会話を抜きにしても、なぜか睨(にら)まれすぎているような感じがした。

強いて言うなら、彼女がわたしに抱いているのは不信感だと思う。

「小野寺さん、修一郎くんと同じ学校じゃないですよね？」

「えっ？　……っ、そう、ですけど……」

なぜかますます強く睨まれたけど、違うなら、言っても大丈夫だと思う。

この家のことを知っているってことは、少なくともお義母(かあ)さんの再婚のことは知っているはずだから。

「わたしは修一郎くんのクラスメイトだけど、義理のお姉ちゃんなんで」

「はぁ⁉　クラスメイトがお姉ちゃん⁉」

驚くのはわかるけど、驚かれすぎて、わたしの方が驚いた。

あぁ、でも、クラスメイトと義理の姉弟になるって、第三者が聞いたら、これぐらい驚くのが普通なのかな？　キチンと覚えておこう。

「……っ、やっぱり、きてよかった」

「小野寺さん？」

きてよかったって、どういう意味だろう？

「あ～ぁ、ってことは修一郎のヤツも、今は佐藤なんだよね？」

「えっ？　うん……。学校では柘原で通しているけど」

「真綾さんが修一郎のお姉ちゃんってことは、アタシのお姉ちゃんでもあるわけだ」

――ぁ、そっか、わたし、そんなに前からだったんだ。

知るのが、向かい合うのが怖い。

それで、修一郎くんからも目を背けていたのは。

「ゴメンね、真綾さん。メンドクサイ事情があるから、幼馴染ってことにしておいた方が無難だと思って」

たぶん、この子は本当に――、

修一郎くんと、血の繋がった――、

「まぁ、なかなか会えないし、母親も苗字も違うし、あんま強く言えないけど――、

――改めまして、アタシは小野寺音羽、柘原修一郎の妹です」

◇◆◇◆

真綾に連絡する前、流石に予め犯行の様子をカメラで撮っておいた。

それだけでも証拠として充分らしいが、最近の科学技術による捜査は凄まじい。

微物検査とやらをすると、どこを、どれぐらいの強さで、何秒ぐらい触ったのかがほとんどわかってしまうらしい。これであの男が冤罪を主張し続けるのは完全に不可能だろう。

「柘原！」

駅を出るとすっかり暗くなっていたが、背後から杏の声が聞こえてきた。

振り向くと、親の迎えを待っていたはずの杏が、小走りで俺の方にやってくる。

そして振り向いた俺の前に立つが——なぜか戸惑い始めて、用件があるはずなのに、なかなか切り出してくれない。

とはいえ、あんなことに巻き込まれたあとだからな。

怖かっただろうし、流石にこちらからなにか言おう。

「もう大丈夫なのか？」

「う、うん……、別に、ケガしたわけじゃないし」

「俺は今、少しは心が落ち着いたか？　そういう意味で訊いたんだ」

「えっ？　——んっ、あっ、その、お、お陰、様で」

そうは言うが、まだ緊張が解けていないのは一目瞭然だ。

熱があるんじゃないかってぐらい顔が赤いし、無理に強がっているのだろう。

「それで、なにか用があるなら聞くが……」

「——ぁ、あの、えっと……」

所在なげにモジモジと身体を左右に揺らし、杏は顔を俯かせる。

ここで急かすのはいくらなんでも可哀想だな。待ってさえいれば、なにかを言ってくれたり、なんでもないと言ってくれたりするだろう。

「——ぁ」

「あ？」

わずかに聞こえた杏の声。

俺が反復すると、彼女は意を決した様子で顔を上げて、瞳を涙で潤ませて――、

「ありが、とう」

――感謝の言葉を俺にくれた。

当然、俺の返事は決まっていた。

「礼には及ばない」

「え？」

「は？」

「……どういう意味？」

「フッ、俺はただ、俺として当然のことをした、という意味だ！」

「あの、さ――、っ」

「なんだ？」

「あたしたち……流石に自分でも、イジメってほどじゃないとは思うけどね？　それでもクラスで、柘原のこと、ハブっていたよね？」

「そんなわけないだろう。疎外されていたわけではなく、俺の方が友達を作ろうとさえ思

っていなかっただけだ」

ただし真綾は例外だが。

「それに実は内心で、孤独な俺カッケエエエエ！　なんて思っていたからな」

「でも……普通は助けようと思わないよね？」

「なぜ？」

「メンドクサイし」

「あぁ、少しは疲れた」

「……助けてもメリットないし」

「皆無と言っても差し支えない」

「…………あたしと柘原、仲良かったわけでもないし」

「自明と言わんばかりの事実だな」

「………………」

「なぜそんな、肯定するなんて信じられない、という目で俺を見る？」

「肯定するなんて信じられないからでしょ！」

これはあれか？

ネットのデータにあった、そんなことないよ、って言ってほしいだけの会話か？

「フン、まぁ、確かに……仮に俺が見て見ぬふりをしても、他の誰かが気付いたはずだ。複数人が気付けば、もしかしたら一人ぐらい、助けに動いた可能性もあるだろう」

「そ、そうそう！　だから、その、なんでかな、って」

「ハァ……、なんだ、そんなことか」

俺が溜息を吐くと、杏はムキになって反応する。

「そんなことって——っ」

「誰かがやらなくてはならないことだった。だから俺がやった。それ以外の理由はない」

「〜〜〜っ」

なぜ、今度は驚いたような表情をするのだろうか……？

考えてもわからないし、かまわずに続けよう。

「誰かが助けるなら、それが俺でもいいはずだ。もちろん、俺に助けられるなんて、痴漢よりも不愉快と言うなら——」

「そ、そんなわけない！」

お、驚いた……。急に大きな声を出さないでほしい。

しかもなぜ、出した本人まで、自分の声の大きさに驚いているのか……。

「それに一つ、大きな勘違いをしているぞ」

「勘違いって？」

「これは損得の問題ではない！　俺のプライドの問題だ！」

「ぷ、プライド……？」

「無論だ！　あそこで傍観を決め込むのは俺のプライドが許さなかった！　いろいろ言い方を変えることはできるだろうが、結局のところ、全てはこれに尽きる！」

「────」

クッ、しまった！　調子に乗りすぎたか⁉

真綾のおかげで、去年よりは陽キャとも普通に喋れるようになったが……俺の普通は普通じゃないという認識が緩んでいた！

開いた口が塞がらないと言わんばかりに、杏は呆然としているし……ッッ！

「ぷっ、くふ……。あはは……」

「は？」

ど、どうしたんだ、急に？

「ぷっ、あははは！　ふふっ、あはははは！」

「なにがおかしい？」

「ふふ……、あはは……、ゴメン、柘原、笑いが、くふ、ふふふ……止まらなくて」

なにが面白いのかは知らない。

だが、目尻に涙まで浮かべて笑われるのは、いくら俺でも恥ずかしいのだが……。

「病院行くか？　事情を知っているし、付き添い程度ならできるぞ？」

「いや、そんなマジなトーンで病院勧めないでよ!?」

「だったら笑うな。恐怖で心が壊れたのかと、心配になるだろう」

「ふふっ、ゴメンゴメン、でも――」

なんとか笑いを収めると、杏は指で目尻に浮かんだ涙を拭う。

そして照れくさそうにはにかんで、頰を乙女色に染めながら、まるで勇気を出すように、俺に言う。

「よくわからないけど、柘原と話してたら――すごく安心して、怖くなくなって、そしたら勝手に、笑いがこみ上げてきちゃった」

「よくわからないのに笑われる俺の身にもなってくれ」

「だって、痴漢の前であんなにカッコつけたんだし」

「俺は学校でも、いつもカッコつけていたはずだが？」

「そうだけど――貫くとは、思わないじゃん」

今にも消え入りそうな小さな声で、なぜか杏は拗ねたように反論する。

逆に貫かなかったら、あんなこと、できなかったかもしれないのだがな。

「さて、そろそろ俺は帰らせてもらう」

「えっ？　あっ、その、柘原……？」

「なんだ？」

「──ぅ、ううん、なんでもない！　今日は、ありがとう」

「礼には及ばないと言ったが……もらえるモノはもらっておこう。どういたしまして」

「んっ」

そこで杏に背を向けて、家に帰り始めようとしたが──危ない。

俺の方にも用件があったのを思い出した。

もう一度、今度は俺の意思で振り向いて、一応は提案ぐらいしておこう。

「そういえば、連絡先は交換しなくていいのか？」

「〜〜〜っ、ぇ、ぁ、な、なん、で？」

「こういうことに首を突っ込んだのは初めてだからわからない。だがまだ俺にも、事情聴取の必要があるかもしれない。その時、連絡先ぐらい知っておいた方がスムーズだろ？」

「あっ！　そ、そうだね！　交換、しよっか」

嫌がられていないようで安心した。

興味のない男子が相手だと、提案しただけで嫌がられる可能性があるらしいからな。

「これでいいのか？」

「……これでいいのかって、どんだけ友達少ないの？」

「仕方がないだろう。自分からこういう提案をしたのは初めてなんだ」

「そっか、あたしが、初めてなんだ」

去年は真綾の方から提案してくれたからな。

「それじゃあ、恐らく親が迎えにくるんだろうが、杏も気を付けて帰れよ」

「えっ？　今……名前で」

「あぁ、すまない。実は苗字（みょうじ）を覚えていなかったんだ」

「なんだ、そんな理由か……」

「信頼関係を築いてこなかった相手を無遠慮に呼んだのは事実だ。悪かったな」

「別に、いいけど」

「……なにが？」

「わからないの？」

「いや、待て、見当が付いた」

「そ、そぅ……ていうか、考えなきゃわからないことだった？」

「名前呼びでも一度目だけは許す、ということだろう？」

「違うけど⁉　一度目でも二度目でも、あたしを名前で呼んでもいい、ってこと！」

言うと、また杏は自分の声の大きさに恥ずかしくなったのか、顔を背けた。

なにがしたいんだ、こいつは……？

「その……柘原は自分が助けたかったから助けただけかもしれない。けど、名前呼びさえ許さないなんて、恩人に対して失礼でしょ」

「そうか」

「そうです」

俺には俺のプライドがある。

だからそれと同様に、杏にも杏の譲れない気持ちがあるのだろう。

「なら改めて、杏も気を付けて帰れよ」

「うん、つ……しゅ、修一郎も、気を付けて帰って、ね？」

そうして俺は杏に背を向け、今度こそ自分の家に向けて歩き始める。

真綾も待ってくれているはずだし、そろそろお腹も減ってきた。

明日からは夏休みだ。

絶対に真綾との仲を、ほんの少しでも深めてみせる。

完璧じゃなくてもかまわない。
それが真綾と初めてケンカして、導き出した答えだから——、
——だからもう、俺は立ち止まらず、振り返らず、真綾と夏休みを過ごしてみせる。

△▲△▲

ドキドキしてるなんてレベルじゃなかった。
心臓がバクバクって、うるさいぐらいに脈を打っている。
顔が熱い。
胸の奥が切なくて、夏の熱気にあてられたようにクラクラする。
カッコよかった。
まるでヒーローみたいだった。
ああ、ダメだ。
卑怯（ひきょう）すぎ。
こんなの、否定できるわけないじゃん。

「――好きになっちゃった、修一郎のこと」

あとがき

『姉ぶる初恋相手に絶対敗けない！』を読んでいただき、誠にありがとうございました！

著者の佐倉唄と申します。

前作から一年半ぶりの新作となりましたが、いかがでしたでしょうか？

拙作を初見の方も既読の方も、少しでも楽しんでいただけたならとても嬉しく思います。

さて、本作についてなにか少し触れようと思いますが……作者としても、主人公がとても個性的なヤツになったなぁ、というのが一番に触れたいところです。

やはりラブコメだろうとファンタジーだろうと、一番読者に好かれるべきキャラはヒロインではなく主人公！　最近では以前よりこの考え方が強くなり、本作では前作以上にこれを意識して執筆いたしました（※あくまでも私個人が執筆する時に意識することで、もちろん、作家さんの数だけ書き方の多様性があると思います）。

果たして毒になるのか薬になるのかはまだわかりません。ですが、少しでも面白いヤツだなと思っていただけたならば、ぜひぜひ修一郎くんの恋路を、これからも応援していただけると幸いです！

末筆ながら、お世話になった方々への謝辞に移ろうと思います。

二代目担当のS様、今まで本当にお世話になりました！　企画段階のプロットの中でも一番初期のそれを今、ふと見返したんですけれど――本当にお世話になりました！　S様がいなかったら今の『姉ぶる初恋相手に絶対敗けない！』はなかったと思います。

三代目担当のM様、本作からのお付き合いになりますが、今後ともご指導ご鞭撻のほど、よろしくお願いいたします！　まずは目先の目標から、ということで、重版とコミカライズを目指して頑張らせていただく所存です。

イラストレーターのなたーしゃ様、拙作のイラストを担当してくださり、誠にありがとうございます！　真綾のぷにっとしている感じがとても可愛らしくて素敵でした！　二巻目以降も、なにとぞよろしくお願いいたします。

そして拙作を読んでくださった読者の皆様、改めまして、誠にありがとうございました！　二巻目も鋭意執筆中ですので、今しばらくお待ちくださいませ！　今後も『姉ぶる初恋相手に絶対敗けない！』を、ぜひぜひ、お手に取っていただければ幸いです！

二〇二〇年　八月　佐倉唄

お便りはこちらまで

〒一〇二―八一七七
ファンタジア文庫編集部気付
佐倉唄（様）宛
なたーしゃ（様）宛

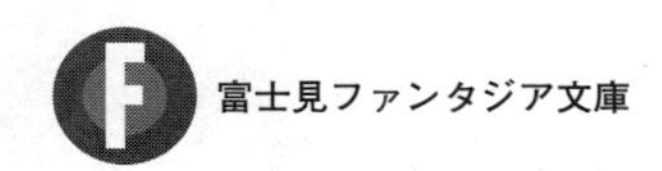

姉ぶる初恋相手に絶対敗けない！

令和２年９月20日　初版発行

著者――佐倉 唄

発行者――青柳昌行

発　行――株式会社KADOKAWA
〒102-8177
東京都千代田区富士見2-13-3
0570-002-301（ナビダイヤル）

印刷所――株式会社暁印刷

製本所――株式会社ビルディング・ブックセンター

本書の無断複製（コピー、スキャン、デジタル化等）並びに無断複製物の譲渡および配信は、著作権法上での例外を除き禁じられています。また、本書を代行業者等の第三者に依頼して複製する行為は、たとえ個人や家庭内での利用であっても一切認められておりません。

※定価はカバーに表示してあります。
●お問い合わせ
https://www.kadokawa.co.jp/（「お問い合わせ」へお進みください）
※内容によっては、お答えできない場合があります。
※サポートは日本国内のみとさせていただきます。
※Japanese text only

ISBN978-4-04-073810-9 C0193 ◇◇◇

©Uta Sakura, Natasha 2020
Printed in Japan

ひまり
家出中のJK。
街で困っていたところを主人公のサラリーマン・駒村に助けられ家に転がり込む。
2人の女子高生と始める、
新しい日常――。
奏音
駒村の従妹。
ワケあって同居を始める。
見た目は派手だが、
家事が得意な一面も。

1LDK、そして2JK。

福山陽士

イラスト／シソ

ファンタジア文庫

切り拓け！キミだけの王道

ファンタジア大賞

原稿募集中！

賞金

《大賞》300万円

《金賞》50万円　《銀賞》30万円

選考委員

細音啓「キミと僕の最後の戦場、あるいは世界が始まる聖戦」

橘公司「デート・ア・ライブ」

羊太郎「ロクでなし魔術講師と禁忌教典（アカシックレコード）」

ファンタジア文庫編集長

前期締切 8月末日

後期締切 2月末日

公式サイトはこちら！ https://www.fantasiataisho.com/

イラスト／つなこ　猫鍋蒼　三嶋くろね